101个唤醒爱的故事

I Do

I Do 公司

著

好好虚度时光 联袂呈现

中信出版集团 | 北京

图书在版编目（CIP）数据

101个唤醒爱的故事 / I Do公司著. – 北京：中信出版社，2019.2

ISBN 978-7-5086-9892-2

Ⅰ. ①1… Ⅱ. ①I… Ⅲ. ①故事 – 作品集 – 中国 – 当代 Ⅳ. ① I247.81

中国版本图书馆CIP数据核字(2018)第292192号

101个唤醒爱的故事

著　　者：I Do公司
出版发行：中信出版集团股份有限公司
（北京市朝阳区惠新东街甲4号富盛大厦2座　邮编　100029）
承 印 者：北京盛通印刷股份有限公司

开　　本：880mm×1240mm　1/32　　印　　张：8　　字　　数：280千字
版　　次：2019年2月第1版　　印　　次：2019年2月第1次印刷
广告经营许可证：京朝工商广字第8087号
书　　号：ISBN 978-7-5086-9892-2
定　　价：58.00元

欢迎光临真爱的世界

>>

推荐序

关于爱，这个永恒的命题。人们有很多很多种阐释。

杜拉斯说："爱是一种永恒的欲望，是疲惫生活中的英雄梦想。"

波兰斯基说："我懂得爱情和喜剧、音乐、体育没有什么不同。在享受爱的同时，人们可以感到生活轻松自如。"

廖一梅说："爱是自己的东西，没有什么人真正值得倾其所有去爱。但有了爱，可以帮助你战胜生命中的种种虚妄。"
木心说："爱情，亦三种境界耳。少年出乎好奇，青年在于审美，中年归向求知。老之将至，义无反顾。"

爱情有许多种形态。或深沉，或痛苦，或轻盈，或畅欢，或沉静，或雀跃。爱无关地域，无关年龄，当真爱来临，一切再无条件。

但毋庸置疑，爱不是需索无度、不知餍足。爱不是疯狂掠夺、两败俱伤。那是占有，是欲望，是情绪，独独不是爱。

爱是什么？爱，应有奉献、忍耐和仁慈。爱，应有清净、喜悦和圆满。好的爱情，让一个人透过对方看到全世界，感受到身心能量共同的跃升，和宇宙天地同在。

人生而有涯。一个人在其有限的生命时空里，能作为主角而演出的爱情故事，是有数的，但求知欲、审美欲和好奇心是无尽的，所以人需要阅读，通过文字去体验更多的怦然心动、辗转反侧、悲欢起伏。

美好的爱情故事，如同山林清风，鸟鸣婉转，令人洗去心中尘滓，焕然清醒。不信你看，三千年前的《诗经》，时至今日，依然代代传诵，只因它触动每个人心中的柔软。

此刻你手中所捧的这本小书，取材于 101 对情侣的真实爱情故事。它让我们得偿所愿，纵览世间多种形态的美好爱情。这些爱情故事是如此切近，仿佛身边老友的娓娓道来，让人不由自主地代入其中。比起文学经典中的爱情阐释，我相信，它更贴近现实，更具指导意义。

谢谢 I Do，以钻石般璀璨坚固的决心，一往无前的热诚和毅力，克服种种艰辛促成此书的诞生，矢志唤醒我们心中沉睡的爱情能量。

感谢“好好虚度时光”，用细腻温润的匠人之心引领我们走近这些平凡有趣的灵魂，探索他们爱情故事中微小静好的片段。从他们身上，了悟生活的真谛，懂得美，知满足，也更好地学会爱。

值此时代，这是我们的担当，令人骄傲和快慰。

祝羽捷

2018 年 12 月 26 日

前 言

致每一个相信真爱的你：

你好，我是 I Do。

欢迎来到真爱世界，你将会在这里看到 101 个唤醒爱的故事，那些你曾憧憬，又正在经历的爱情，都在这里一一呈现。每个人都会在这些故事中找到自己的影子，那些似曾相识的故事，会唤醒你对爱的信任和期待。

我被赋予幸福的使命而诞生，我的存在只为守护每一份真爱的幸福时刻。我见证过数百万个婚礼，也守护着数百万种独一无二的爱情，是你们的故事，把我带到了这里……

你们来自不同的年代，生活在不同的城市，经历着不同的人生，都说着相同的“我愿意”。

“无论贫穷还是富有，疾病还是健康，悲伤还是欢乐，始终如一，不离不弃，你愿意吗？”

“Yes，I Do。”

这句来自婚礼誓言的“I Do”，是你们最重的承诺，也是 I Do 想给你们的真诚守护。

也许你们是分离在地图两端的异地恋；
也许你们是一不小心就从校园走向了婚姻的真爱典范；
也许你们曾被父母反对，却用时间和事实证明了你们相爱的决心；
也许你们只是千千万万的平凡夫妻之一。

太多太多的故事在这里发生。
你们的故事、身边人的故事，父母的故事，甚至祖父母的故事……

无论故事情节是怎样的，当你们为彼此戴上了 I Do 婚戒，从这一刻起，我将始终守护你们的爱情，看着你们忠于彼此，牵手相伴，见证你们共度的美好时光。

这一次，I Do 用最郑重的形式，将你们载入爱的史册。

数百万 I Do 见证的真爱故事精选！
50 多个城市共同点亮的寻爱地图！
101 次让人笑中带泪的“我愿意”！
各个年代的爱情样式都囊括其中的幸福旅程！

接下来，请开启你通往真爱的旅途。

守护每一对新人的幸福时刻
我是 I Do

目 录

第六篇　还有什么理由不相信爱？

第一篇
PART 1

童话爱情
真的不存在了吗？

爱是什么呢？爱是——“从此，王子和公主过上了幸福的生活……”

6岁，我们相信幸福和快乐是结局。

16岁，我们以为自己是期待盖世英雄的紫霞仙子。

26岁，一次次在爱里跌倒，目送过自己曾经的爱人消失在茫茫人海，终于开始在眼泪中质疑——幸福的爱情是真实存在的吗？还有人认认真真在爱里走心吗？

从这些爱情故事中你会知道：每一次痛苦，都将成为未来的礼物；每一个故事都像童话书一样展开在你眼前。

认真分享每顿晚餐，任何重担都有人分担，错失计较都被宽待，慷慨纯良都被赞赏……

这样的爱，你是否也在期待？

I Do 说

走出原生家庭的影响，父母的关怀纵使无私亦是有限的，我们都需要在混沌的个人世界里摸索出自己内心的方向。过去不必负累，风总会吹掉往日的伤痕，打破恐惧、轻装上阵，努力开怀，直到在烟火人间遇见一个人对你展露温柔。与自己和解，与爱人和谐，强悍的狮子也能拥有温柔的猫样人生。

如果有人这样爱你，你还恐婚吗？

主人公

张婉婷／会计，薛涛／商人

相识 13 年，山西太原

我承认自己恐婚。

这年头，像我这种人越来越多了。真的不是不相信爱情，而是在听到太多有关婚姻的是非之后，人就变得对爱情很丧很丧。

小时候，我的父母经常吵架，我吓得根本不敢出声，3 岁就被迫成了一个乖乖女。我从来没期望过能像别人一样拥有幸福的爱情和婚姻，习惯用强悍的拒绝来回应追求者热切的眼神，只有自己知道，我只是害怕别人的好意会转瞬即逝。

更严重的是，在学生时代，每当我想要表达自己的想法时，脑海中就蹦出父亲那张凶巴巴的脸，说着“不许这不许那”。再后来，我就不知道自己到底想要什么了，我就这么唯命是从地过了 16 年……

01

高一报到那天天气很好，而我因为中考失利心情很差，阴郁得像一团行走的乌云。我低着头进了教学楼，有个男孩迎面而来，在我们对视的瞬间，他的眼神触动了我的心魂。

“糟了，是心动的感觉？”

心跳不到三秒，转念脑海中就浮现出爸爸的脸，我一手心冷汗，“嗖”的一下跑出楼道，心想：不行不行，坚决不行，要把持住自己啊！

高一下学期，学生会组织爬山，我是学生会干部，负责带领队伍。

没想到那天他也在队伍中。他对人冷冷的，但每当我偷瞄他时，他都冲我害羞又紧张地傻笑……回程，我再也按捺不住心中乱撞的小鹿，稳稳地接住了他向我抛来的眼神。一时间也顾不得别人怎样了，我跟他“刺溜”一下脱离大部队，往小道跑去……

我俩边跑边笑，最后跑到一条无人的野路上，他边大口喘着粗气边牵起了我的手。在山下的大槐树旁，我们聊了很久——聊到各自喜欢的事，还有两个人对未来的想象。

如果说我的心是一间拉着百叶窗的黑房子，那么，他的到来好像是拨开了一叶窗帘，让我的黑屋子透进一束光来。

那天晚上，我失眠了。

02

我对他很心动，但父母对我的管教太严了，于是在那年冬天，我拒绝了他的告白。

我怎么也没想到，这之后他就转学了。一年后，高三开学日，我正在班里打扫卫生，一个熟悉的身影出现在门口，我抬眼一看，下巴都快惊掉了，是他。他直愣愣地说："我放不下你，我想每天都能看见你。"在场的三十多个同学都听见了。

从来都没想过，我会遇见一个这么执着的人：他每天都给我带午餐，每晚下自习都捧着一杯热饮在教室门口等我，每次考试都帮我搬桌子，每天放学都送我回家……

只是我们一直没有再牵手。

03

可能天生没有考试运，我高考又没考好，留在山西太原上学，而他去了远在天边的海口，我打算就此将他埋在回忆里。

大二某天我下了晚自习，一个男人抱着一只大大的长耳朵毛绒兔子出现在我宿舍门口，我又震惊了，是他。

我心里有个声音：完了，完了，这下彻底完蛋了……

逃了 5 年，我终于缴械投降。

然而父母的反对依旧强烈。他们家做生意，经济状况不稳定，大学毕业那年又遭遇了经济危机，我父母就更不接受了。他们竟然说："小夫妻在一起久了总能生情的，为何非要选择他？"

我很怕家里因为我而闹得鸡犬不宁，便说服自己"放下他就万事大吉"，我开始顺从父母的意思，按他们的安排相亲，那一年我见识了许多奇奇怪怪的人。

我活得很委屈，很黑暗，很迷茫。一天夜里，我突然想起他对我点点滴滴的好：

端午节自己淋成落汤鸡了，他也要给我送来热乎乎的粽子；生日的时候自己顾不上吃饭，他也要亲手为我赶制蛋糕；在海南上学时过年回家，他自己什么行李也没带，却给我带了一整箱波罗蜜；不论走到哪里发现好东西，他总要马上跟我分享……

我躲在棉被里，忍不住放声大哭。爱的分量，真重啊，我不能再视若无睹。

我终于下定决心：我不怕千万人阻挡！

04

他的求婚很简单，在一个普通的秋日午后。公园跟平时一样，我们第一次一起去看夕阳，第一次听见彼此笃定的心跳——

夕阳西下，他问，我们能不能一起到老？

在我眼前闪现的，除了往昔的苦乐记忆，还有那枚我试戴过三次的 I Do 钻戒，它的光芒在那天的夕阳下自由流动，那一刻我确信了自己的归属。

我曾经那么不相信爱情，以为自己会孤独终老，怎么也没料到会有这样一个人如此长情地卸下我对爱情的防备。跨过 11 年的徘徊与抵抗，我终于确定，只有他可以化解我对爱情和婚姻的恐惧，让我沉静温柔，纵使生活有太多荊棘，有他就够了。

他握着我的手，一遍一遍地问着我：“你愿意吗？”

我愿意，我当然愿意啊！

05

我的父母，对我这个乖乖女的“叛逆”感到惊讶，其实我只是终于找到自我，并懂得承担选择。

现在，我们有了一个家，虽然房子不大，但有一个院子，还有两只边境牧羊犬和一只蠢萌的加菲猫，这里装满了我们对生活的热爱。他在院中种了一棵我最爱的枫树，他说：“这个池子叫婉枫塘，因为你的名字中有一个‘婉’字，这里有你喜欢的枫树和锦鲤池塘。”

之前我觉得鲜花、西餐才是爱情，后来我们工作都很忙，我开始觉得爱情里最重要的就是好好说话，好好睡觉，认真对待一日三餐。周末与他在小院小憩，看着秋日里绿色褪去，枫树上挂满红叶，不疾不徐地落入鱼塘……这就是我想要的生活。

我终于能抛掉旧日里的冷漠，在爱情里做一只温柔的猫咪。

恐婚？那是你没遇见对的人。

I Do 说

每个人都是以肉体凡胎生活在世上。没有人拥有特异功能，也没有任何从过去到未来的捷径。因为爱，我们变得既笨拙又无所不能，为了自己守护的人，要将每一天的日常，变成连续不断发生的奇迹。我们要让自己爱的人，感到自己是世界上最幸运的人。

爱是我们可以拥有的、最神奇的超能力。

爱她，就是敢让她“作”

主人公

何君瑶／全职妈妈，王伟伟／地质勘测工程师

相识 11 年，新疆阿勒泰

女生一旦喜欢上了一个人就会“作”，男生只有爱了才能包容“作”。比如我家王先生，总是骄傲地说：“爱你，就是敢让你作！”不管什么事，他都能尽力为我去做，于是，他越努力，我就越幸运。

01

嘘，告诉你个秘密。

虽然我不是大雄，但却有一个哆啦 A 梦。

从小我看着动画片时就想，要是我也有一个神奇的哆啦 A 梦就好了。它会愿意陪伴我，用心实现我所有的愿望，后来我真的拥有了，只不过他的出场方式有点儿特别。

高一时我在 11 班，他在 9 班。我去隔壁班找小学同学，看到几个男孩子在一起嬉戏打闹，突然有一个人摔倒在我的脚下，他趴在地上没有立刻起来，而是抬头看着我，我笑到不能自已，都不记得他什么时

候起来的。当时周围所有的人都笑着看我们，我心想这个男孩子也太可爱了吧，都这么大了，还能轻易摔倒，并且还在别人脚下傻乎乎地看，笨笨的样子有点儿像胖胖的哆啦A梦。

高二时文理分科，我们分到了一个班，我们早恋了。

在后来的生活里，我渐渐发现，他真的是哆啦A梦！

他有任意门。高二结束的暑假，他在苏州打工，有一天我早晨打电话给他，哭鼻子说好想他，他说："抱抱宝宝，你等我哦。"第二天凌晨他就出现在我家门口了，怀里还抱着一只毛绒沙皮狗！

他能变出好吃的。我考驾照练车的那段时间很累，微信跟他说我想吃小蛋糕，他真的捧着一块蛋糕出现在我面前！

他为我建造了一个梦幻的世界。有一次我们一起去看电影，看到了非常浪漫的求婚场景，我很羡慕，下意识地说："如果没有求婚的话怎么能结婚呢？"之后的某天，在我大学的广场，他摆了很多玫瑰和蜡烛，让闺蜜把不知情的我带到现场，向我求婚。

他仿佛拥有爱的魔法，在我的世界里无所不能。

02

我们订婚三年后，我的生活发生了很大的变故，我爸爸突发意外。他给了我和家人一切能够提供的支持，给了我可以依靠的肩膀，支撑起我生存下去的勇气。我们家三个姑娘，我是最小的一个，爸爸生前一直希望自己能有一个和他一样姓氏的小外孙，但愿望还未实现他就去世了。我们的小土豆出生后，土豆爸爸坚持让孩子随我的姓，完成了我爸爸的遗愿。

仔细想想，这个世界真的有超能力吗？并不是这样的，他无法做到所有的事，而我拥有的，只是他拼尽全力的爱。

他没有任意门。那次他坐了近 20 个小时的大巴车，凌晨 3 点钟在高速路口下山，在黑暗中等了两个多小时，才等到车来到我家门口。

他变不出好吃的。那次他在路灯下跑遍整个城市的甜品店，才找到了最后一块蛋糕，坐了三四十公里的车送来给我。

那个求婚时为我建造的梦幻世界，其中的每一朵玫瑰、每一根蜡烛，都是他周末风里来雨里去，做各种各样的兼职挣来的。

他傻傻的，所有的心愿都是他用笨办法一点一点实现的。在我面前，他放弃了所有的聪明，这一点，从他摔倒在我脚边，傻傻地抬头看我那一刻开始就没改变过。

毕业了，我们不在一个地方生活，他到我的城市来看我，送他去车站时我难过得不敢看他，就远远地站在广场外面。他得知我没有坐上回家的车，又从班车上跳下来，陪我走了几个小时的路回家。我一路看着他的侧脸，他真好看，也真的好傻。

结婚后，我敷面膜时问他："我现在看着是不是像二十七八岁？"他说："那没有，像十八九！"我说："不要开玩笑，到底像几岁？"他一脸认真："就是认真的啊，十八九！"我揶揄他："你是有多久没见过十八九的女生了？"他很认真地看着我说："我每天都见啊！"哪怕是煮鹌鹑蛋，他捞了几次都没有捞到，也会自言自语地说："你们怎么和我媳妇一样调皮捣蛋的？"我觉得，他好像比上学时还要傻一些哎！

即使哆啦 A 梦并不聪明，办法和神器也不是永远都奏效，甚至会和大雄一起犯傻，但他还是倔强地守护着自己爱的人！而我的哆啦 A 梦，虽然永远不会从口袋里掏出任何让人惊叹的工具，但他有的，是满得快从心里溢出来的对我的爱。

03

我也不知道自己具体是什么时候爱上他的。可能是他蹲下来为我系鞋带的时候，也可能是他冬天给我暖膝盖的时候吧。和他在一起，几乎所有的事情带来的都只有开心，即使有难过的时候也是短暂的。一切都很简单。

他很了解我，我也懂得他。他总是能及时发现我的委屈，想尽办法哄我开心，我也能感受到他的压力和工作上遇到的问题，安静地听他给我讲讲。他很会做菜，也很喜欢在厨房里研究新的菜式，他总说自己对美食并没有太多追求，但就是喜欢给我做，然后看着我吃。其实，看他做菜的样子，我也很幸福，当然吃的时候更开心。

如今我已经是"小土豆"的妈妈了，这几年经历了至亲离世，看过了人间冷暖，而我依然保留着对世界的天真想象。儿时在动画里与我相遇的奇妙世界，虽然没有成为现实，但我确实拥有了属于自己的哆啦 A 梦，有了一个全是宝贝的家。他希望帮我实现所有的愿望。还有一个愿望，因当年求婚时没有钱而未实现，但是他一直都记得，那就是买给我最喜欢的 I Do 钻戒，如今也实现了。有了他，人生还会有什么遗憾呢？

漫长岁月，一切值得期待。

我真的真的，是世界上最幸运的人啊！

I Do 说

真爱应该让人具有“不服输”的力量。距离远了就拉近彼此的距离，时间久了就倍加温柔呵护。许多人的恋爱都毁在了“想太多”上，在一起的时候不能专注当下，时常为了“已过去”和“未发生”的事而纠结烦恼。而最好的状态就是，安于相爱的当下，在爱与烦恼相伴的日子里，努力缩短烦恼的时光。

男朋友是我打架得来的

主人公

小代／全职妈妈，小路／公寓运营

相识 12 年，浙江杭州

感谢时代，麻辣女孩真是越来越吃香了！在三从四德的年代，像我这种把一个人活成一支队伍的女孩可是没人敢要的。幸好，我从最初就遇上了那个喜欢麻辣口味的他。

01

朋友评价我是“不婆婆妈妈的可爱女人”。的确，就连我孩子他爸，都是我在初二时打架得来的。

我是一个生于 1992 年的新手妈妈，也是不认输的小代。

这已经是我这个月第三次 72 小时没合眼了。当我看向怀里这个 5 个月大的婴儿，终于退掉持续了两宿的高烧准备入梦时，我也终于能合上眼，享受片刻的宁静。自从当上妈妈以后，我就再也不属于自己了，宝宝不生病、多睡觉成了我唯一的奢求。

自打懂事起，认识我的人都说我不像其他女生那样温柔乖巧。我从小就很独立，考试升学、入职升迁，大事小事统统自己拿主意。我做事不犹豫，比较果断，所以我的爱情也非常简单直接。

02

我和小路的爱情特别简单。

初二开学一周后，一个看上去很干净、有点儿忧郁的转校生来到我们班。一看就是成绩不怎么样的那种男生，没想到老师竟然安排他坐我旁边。

有些人来到你的生命里好像就是为了挑战你的，他就总是能轻易让我火冒三丈!

每天中午一放学，他就“噌”一下把我早上精心系好的蝴蝶结扯开，自己旋风一样逃离教室，又在下午我怄气的时候求饶，再把蝴蝶结还给我。气死我了！关键他还特别欠儿，我每次打他的时候，他光知道嘿嘿地笑着说:“大姐我错了，大姐我错了！”认错态度之好仿佛那些错事儿都不是他做的一样，而我也常常因此破涕为笑。

现在想来，那些爱惹你生气、爱逗你哭的人，其实都是不好意思说出喜欢你的人吧!

03

如果不是那一天，我不会爱上他。

那是初二上学期的最后一天，最后一门英语考试，第一个交卷的我兴高采烈地冲出教室，却被一个个子高高的漂亮女生抓住了校服领子。

“你就是代晨波是吧？我警告你离你同桌远一点儿，我喜欢他，他是我的人，否则放学休想回家！”

“嘿，我就奇怪了，比我高了不起啊？你喜欢的人是我同桌，我爱跟我同桌走多近跟你有什么关系啊！”

交卷铃声响了，漂亮女生一脚踢过来，我一个飞闪，我俩就开打了！小路闻声从教室里冲出来，没想到他竟然先抱住我，然后跟那个女生对抗！我们一路从教学楼追打到操场，后来又来了两个男生把小路给打了，看着我和那个女生趴在地上扭打，小路不顾自己的安危，冲过来一把把我俩扯开，拖着我迅速离开了“交战”现场，最后只留下那个女生在操场上被一群同学围观。当时我感觉很解气，被保护真幸福，真是大获全胜的一架！

后来，老师知道了打架的事，特别维护我这种德智体美全面发展的好学生，出面把那个女生训斥了一顿，告诫她不要做这种有伤大雅的事，同时语重心长地找我谈心劝我还是要以学业为重。

我和小路也从普通的革命同志关系发展成纯洁的恋爱关系，我们的早恋“名扬四海”。

现在回想起来真是超好笑。小路还是一名很可爱的男同学——上课无聊的时候就擦鞋，鞋边永远都很干净，课本也从来没有折角，整整齐齐。初中三年级，我的习题他可以随便拿去抄，有我做掩护他也可以大胆地在课上睡觉，他那不听话的胳膊肘更是可以随意逾越我们的“三八线”……他再也没有揪散过我的头发，只是经常在我身后偷偷地闻闻，傻乎乎地夸奖我的洗发水好闻。

04

中考，我们努力考到了同一所高中。

一天他大摇大摆地进女生寝室玩，给不小心扭伤脚腕的我送跌打药，刚好赶上了我们宿管老师查寝。老师进屋后拉出小板凳就开始教育他，他顶嘴，两个人还吵了起来！结果我们两个被全校通报批评，再一次全校闻名，我预备党员转正的“仕途”也因为此事，耽搁了。

高考，我们又很争气地考到了同一个省份。

大学寒假，我们一起买火车票回家，只抢到了硬座。我们要一起经过 43 个小时的漫长旅途。列车上摇摇晃晃，天一黑我就困得不行了，小路让我躺在座位上睡觉，我就美美地睡了一夜。等我醒来，坐在我对面的叔叔悄悄告诉我，小路在我身边足足站了一夜。我震惊了，当时就默默发誓，这就是我以后要嫁的人了！

大学毕业后，小路特别大无畏地来到了我所在的城市杭州团聚，他真的从没让我失望过。我们异地过，小路中间还去参过两年军。我们吵过很多次架，但就是分不开。上学的时候，他不陪我去吃肯德基，我们就会吵一架；现在，我忙着做饭，他忙着打游戏的时候，我也会跟他吵架。

小路也是个不服输的人，但他甘心在我面前俯首帖耳，我知道，这都是因为爱。

05

恋爱 10 周年，我俩结婚了。

谁都没跟对方求婚，就是约好了要结婚，他就去买了我最爱的 I Do 戒指。

恋爱 11 周年，我们的女儿南迪依出生了。我们都是内蒙古人，小路尊重我，让女儿随了我鄂温克族的姓氏。

有人说，人的一辈子可以谈很多次恋爱，但是真正难以忘记的只有一段，其他的都是复制粘贴，只是人不一样了。我和他不想要复制粘贴，所以从初中同班到高中同校，再到大学同省，在时间和距离的考验面前，我们从不认输。

正像现在这个躺在我怀里熟睡的宝宝——南迪依，寓意着像映山红花一样顽强的生命力。

养孩子再苦再累，我也绝不认输，因为这是我的生活，我没有理由不坚强、不幸福。

I Do 说

一眼万年的爱情，是上天给予我们最大的慈悲，不再需要去茫茫人海中苦苦寻觅。自从遇见，眼里就再也没有别人的位置。终于心甘情愿地在倾盆大雨中努力奔跑，终于愿意花费一生的时间“投其所好”，愿意让这个人成为自己此生唯一的信仰……

别慌，走下去，你一定能够遇到。

不是所有“直男”都需要“求生欲测试”

主人公

王璐／甜品师，韩雪聪／旅行规划师

相识 19 年，江苏徐州

现在的男生想要好好谈个恋爱也是很难的，女朋友越来越会玩儿，随便抛出一个问题都是“直男”的生存测试题。但有些男孩，生来就是恋爱星球的丛林之王：恋爱目标明确，能力超群！

01

6 年级 1 班的王璐，我 12 岁时就想娶她。

那时，她站在操场中央跟好几个女生一起丢沙包，我一边看她一边走路，一头撞在单杠上。我眼冒金星，再看一眼，她更美了。

她，就是我的缪斯女神！否则我这种蔫儿坏的㞞包，怎么成了行动的巨人。

那时候，眼保健操的第三、四节我从来没闭上眼做过，因为这两节的时候，她会来我们班检查。每次做完第二节，我都跟坐在班级门口的人偷换位置，为了看她。

但我总觉得，这样还不够。怎样才能再靠近她一点点？

在一个风雨交加的下午，我终于想到了靠近她的办法。班主任通知 9 月 10 号将票选新一届班委，只要我当上体育委员，就能争取到跟她一起巡查的机会！于是我跑去小卖部，买了 50 多块钱的粘牙糖和“透心凉”。大雨毫不留情地打湿了我的衣服，却丝毫不能浇灭我的爱情理想，我紧紧护着怀里的粘牙糖和“透心凉”，赶在票选前贿赂了全班同学。

最终，我以“民主”选票第一名成功当选了班级体育委员，如愿得到了每天和她一起巡查的机会。

只要豁出去，女神天天见！

她可真是值得全人类歌颂的小可爱啊。她所做的每件事都那么周到和体贴，甚至每一个细微的动作我都觉得恰到好处。

王璐，完美！

可惜一开始她并不搭理我，或许是因为她只想好好学习，或许是听到了我喜欢她的传言，觉得我是个小屁孩。但我打听到了她家的电话，每天我都会以探讨功课为由听她的声音，以至于她的家人都隐约知道我喜欢她。

我想，从遇到她那天起，我的魂儿就跟着她走了，我不自觉地按照她的喜好，读她喜欢的书，看她爱看的电影，耳机里的音乐都是她偶像的歌，给她写信，向她汇报我的“学习”成果……

这样掏心掏肺愿意为一个人做所有事的心情，一生可能只有一次吧。

02

可是，我们失联了整整 6 年。

当时她顺利升入初中，我也转到了另一所寄宿制小学，最开始我们还保持着通信往来，后来我又转学两次，那时家里的电话也被淘汰了。

那段时间我反复做着一个梦，就是我在影院里向她求婚，我问：“你愿意嫁给我吗？”每当她要开口说话时，梦就醒了，每次都没有梦到她的回答，这对我像是一个暗示：那是我 12 岁时就想娶的女孩儿啊，梦里我们的关系那么亲近，醒来后我却再也没有她的音讯。

我一定要想办法找到她！

于是我在 QQ 上问遍了所有同学，如果谁有她的音讯，请务必相告。等了很久，很久，直到有一天，以前隔壁班的兄弟突然在QQ 上出现：“你猜我今天看见谁了？我看到了你的王璐！”

原来失联这些年，她已经成为一个非常出色的甜点师了。

于是我偷偷溜到她工作的地方，把鸭舌帽压得很低，躲在角落里。她现在是我从没见过的样子：头戴厨师帽的她，一身雪白的制服是那么合身，流畅地称量和搅拌之后，手中的蛋糕被送入烤箱，直到出炉的那一刻，她终于露出了满意的微笑……

功夫不负有心人，半年以后我们在一起了！我要对全世界宣布她是我的女朋友！

我会在她每个月的特殊日子强制她休息，为她准备好一切必需品，陪在她的身边；我愿意风里雨里随叫随到，心甘情愿做她的依靠。这么多年，她的存在于我而言，就是一种坚不可摧的力量。她不需要做什么，只要陪在我身边，哪怕只是安静地坐着也好。

跟她在一起，我总希望看到一个更好的自己，我愿意跑得快点儿，再快点儿，只要能赶上她的脚步。就像小时候，我在大雨中不遗余力地奔跑，只是为了当上体育委员，与她并肩。

03

她曾经说："恋爱就像做甜品前的准备，蛋糕烘烤时间久了不行，时间不到也不行，一段恋情需要耐心的等待，直到一个恰当的火候就有了婚姻的结果；而婚姻，就像是给奶油着色，给甜品添加装饰，一点一点慢慢成型，直至作品完整，夫妻两人合二为一。"

正如我每天都在静待那个合适的时刻。

她 30 岁生日那天。
在最重要的家人面前，我要把那一枚承诺一生的 I Do 钻戒戴上她的无名指，我要给我心爱的她一个永恒的承诺。

2018 年 11 月 17 日，我们成为法定夫妻。能够牵着她的手一起走下去，我死而无憾。

没错，我终此一生，

都会是一名王璐至上主义者。

给你，唤醒爱的能力

Awaken Your Power of Love

你看，童话般的爱情是真实存在的，

它就像塔上的公主，水底的王子，

需要你用奇妙的能力去唤醒。

看看这些激活爱的瞬间吧。

妈妈去世后，我一直活在自己的世界中，不敢轻易走进别人的生活。
我不敢向她表白，不敢给出承诺，只是做些自以为对她好的小事。
我确定她知道我喜欢她，有一种暧昧的情绪，将我俩时刻连在一起。
妈妈忌日那天，我上完坟，接到她的电话说叫我去她家吃饭。
我去了，没想到她爸妈也在，饭桌上一直为我夹菜。我心里暖暖的，脸上却不好意思表现出任何感动的情绪。
饭后她送我出门，分别后，我收到她的微信：知是同舟人，既不念波澜。
我一个大男人，那一刻眼泪滚滚而下。
两天后，我向她告白：我愿意尝试着从我的悲伤与孤独中走出来，为她奋不顾身。

1 @北京 李雨鸿

2 @大连 张文

夏日午后的地铁里闷得不能再闷了，一上地铁我就和他的目光撞上了，感觉那种闷热又高了几度。
他坐在我斜对面，我时不时抬头打量他一下，他看起来是那么普通，可又有一些叫人看不尽的地方，我总忍不住向他那边望去，然后在胡思乱想中坐过了站。
他下车时，我竟有些慌乱地也下了车。
至今我还记得他转头对我说的第一句话：“我好像坐过站了。”“啊，我也是。”
我扭扭捏捏地说要不要加个微信？他说好。
在一起后，发现我俩各自租住的房子，相隔不到300米。

我俩在同一家公司，我职位高她几级。
一个中午我吃完午饭匆忙地坐电梯赶回办公室，电梯门一开，就见有个人气喘吁吁地抱着一摞文件，半边脸都被文件遮住了，刘海上挂着汗珠，她从文件后面探出头，灿烂地笑着和我打招呼。
那灿烂的笑，简直了，就像一束亮度极高的光，晃得我发晕。
在这样的她面前，我晕乎乎地脱口而出："我帮你搬吧，我刚好要下楼。"
明明我刚刚才坐电梯上来。

3 @上海 王云清

4 @天津 张静

五月天的演唱会，阿信站在台上说："你们带电话了吗？拿出来，打给你们喜欢的人，我唱《温柔》给他听。"
全世界都暗了，无数的手机屏幕发出微弱亮光，那些亮光连接着自己和喜欢的人。
我安静地看着这一切，感到温暖又孤单。
没想到前排男生回过头来望着我说："不好意思，从你坐在我后面开始我就没办法专心听歌了，现在这首歌，我们一起听好吗？"
他那双湿漉漉的眼睛里，有着忐忑与真诚，在黑暗中映着许多光点。
我点点头，我们一起听完了那首《温柔》。
三年后的同一天，我们结婚了。

我自己去看一场电影。她坐在我旁边，也是一个人。
尽管我的可乐放在右手边，却习惯性地伸出了左手，拿起了她的奶茶，正好和她的手碰到了一起。
我很慌张，急忙转头向她道歉。她微微一笑，说："没关系，奶茶还没打开，你拿去喝吧。"
那一刻，屏幕的光照亮了她的侧脸和眼睛，我的心跳声盖过了电影的音效。
那是我们第一次遇见。
接下来的一个月，我们又在那家电影院遇到过两次，每次她都是一个人，我们看的是同一场电影。
我鼓起勇气，对她说："我们可以认识一下吗？"
她笑着说："我也觉得很有必要。"
现在，我们已经有了一个 6 个月大的小宝宝。

5 @ 西安 田雨

6 @ 北京 温言喻

要怎么说她好呢，霸道的狮子座，做起事情来有一种女王范儿，哭起来就像被遗弃在街角的小孩子，事事都要做到最好，事事都要与她有关。
原本我对这样的人都是敬而远之，我一度想找个温柔贤惠，像《浮生六记》中芸娘那样的女生过一辈子。
谁知道被狮子座的女王大人看上，女王大人给我发微信说："我喜欢你，咱们谈恋爱吧。"
我正在公司开会，根本没工夫看手机，结果下班时发现她就在楼下。她把我拉到僻静处问我在犹豫什么？然后就凑上来亲我。
我从没遇到过这么霸道的女孩，那一刻我的心跳应该比她的要厉害许多。

他是文身师，每次别人找他文另一半的名字和肖像时，他都劝人半天，说不要冲动，感情这事说不准的。

但他自己，却一针针地在后肩上文了我的名字和出生日期，没有一点儿犹豫。

他助手用他的话劝他："感情这事说不准的。"

他怼："我说准就准，不准也得准。"

我在一边听着，有点儿小感动呢。

7 @ 于喵喵

8 @ 重庆 李俊溪

上个月和他结婚了。婚礼那天他在我耳边小声说："终于把你拐回家了。"我心里想："谁拐谁还不一定呢。"

高一进班，第一节课自我介绍，所有人都在自己座位上站起来做自我介绍，只有他手插着兜，晃晃悠悠地走上讲台，在黑板上写下了自己的名字。

他的手指修长白皙，骨节分明，我好像被下了蛊，满脑子都在想被他牵手是什么感觉。

高二班上同学一起爬山，遇一处陡坡，他伸手拉我，握住他的手时，我想起他做自我介绍时我满脑子的胡思乱想，脸腾地火烧起来。

大学毕业我们考进同一个公司做管培生，三个月后，他对我表白："高二时爬山，你一脸得逞的笑意，满脸通红不敢看我，那个样子我记到现在。"

他是建筑设计师。
我们刚在一起的时候他亲手做了一个房子的模型送给我。

求婚的时候，他又准备了一个更大更漂亮的房子模型，还有我喜欢的 hello kitty。
“我相信我们以后的家，会比这个更大更好。你愿意跟我一辈子，一起努力打造我们更好的家吗？”
我知道，他承诺的不只是房子，更是我们的家、我们未来一起的生活。

9 @ Stella

10 @ 济南 贺楠

我们是同桌，其实我从小就喜欢她，只是一直不好意思表白。
后来上大学我出国了，才发现心里根本放不下她。
我决定，回国后的第一件事，就是向她表白。哪怕被拒绝，也不后悔。

那晚回家的公交车上，我在她面前伸出手，特别“不要脸”地问：“你愿意做我女朋友吗？要是愿意就拉着我的手，要是不愿意，我的手就不放下来了。”
我的手一直伸着，心都快跳出来了。
停了 4 站之后，终于牵手成功。
她说，这是她等我表白的第 4 年。

他知道我喜欢雪人，零下二十度的挪威，他穿着两件单薄的衣服往自己身上堆雪，想把自己堆成雪人送给我。

我看到的瞬间就哭了，于是也傻傻地站在雪地里。
雪花落在我们的头上，一点儿都没有觉得冷。

想起那句土味情话——就这样一起到白头。

11 @雪滢

12 @王晓娅

在塞班岛拍婚纱照，因为裙子太长不方便，我差点儿掉下一个小悬崖。
他瞬间冲上来，为了救我受了伤。
那一刻，我知道这个托付终身的人，我没有选错。

13 @一凡

前年在老挝境内的湄公河玩漂流，在一个弯道上，坐在漂流艇最外侧的我，被甩了下去。他迅速跳下水，疯狂地扑腾着想逆流游过来拉我。
向导费劲儿地把我俩捞上来之后，一直抱怨："捞一个就够费劲了，怎么还掉下去两个？"
那次旅行回来，我俩就去领了证。
其实我游泳超厉害的，而他，不会游泳。

第二篇

PART 2

谈恋爱不图你颜值，图什么？

小奶狗、小狼狗、御姐101、千年美少女……在这个全民“舔屏”的时代，谁都会说“颜值即正义”。

当全社会的注意力都聚焦到“颜值”上时，似乎只有好看的人才配拥有爱情。

难道普通人就没资格谈情说爱吗？

我见过太多拥有美好爱情的人，都是我们口中的“普通人”，他们没有惊人的美貌，却享受着“情人眼里出西施”的默契。

在喜欢你的人眼里，你蓬头垢面给孩子洗澡的样子最美，你在厨房里穿梭的样子，比你的红唇更动人……

灵魂的“颜值”才更有魅力。相爱的人从来不看脸，他们看的是心。

你有一肚子才华，ta 有满脑子情趣，别人因为颜值眉来眼去，你们因为臭味相投而哈哈大笑。

对好看的皮囊不屑一顾，为有趣的灵魂一生守护。

这，才是爱情吧！

I Do 说

左耳因为有了右耳，才能把经纬世界听得完整，一束微光因为有了另一束微光，才能以薄弱抵抗宏大。那些心动瞬间为她而唱的情歌，那些深海彷徨时她的呼唤，当爱情冲击灵魂时震撼天地的心跳……我们什么都听见了。

爱，才是世间最高级的助听器。

被家人反对的爱情，还能继续吗？

主人公

杨子／设计师，鲍荻／会计

相识 4 年，北京

我和杨子，生于 1992 年，我们都佩戴助听器。有时候别人说什么，我可能听得不够清楚，但是只要是我的杨子对我说的，我都听得很清楚。因为我们之间不靠声音交流，而是靠心。

01

对于戴助听器这件事，我们从不避讳。如果问我它对生活最大的影响是什么，那应该是让我们更加热爱彼此、热爱生活。

我们相识于一场朋友聚会。那天她一袭白裙像个仙女，我本不敢奢望得到她的注意，却在不经意的时候发现：天使正在向我微笑。那天之后，我再没忘记她的笑，那么清纯，那么美。每想一遍，我的心就不自觉地生起暖炉。

更令我意想不到的是——她竟同我一样有听力障碍，情况甚至比我更糟。

我的直觉感应到我们会有未来，我的左耳，她的右耳，让我相信了冥冥之中自有安排。

2016 年 1 月 6 日，我按捺着内心的激动，在微信里对她唱："突然好想你，你会在哪里，过得快乐或委屈……"

几分钟之后我等到了她的回应："你问我爱你有多深，我爱你有几分……"

"杨子，我是认真的，咱们交往吧！"

02

我和杨子第一眼就认定了彼此，我们就像两团橡皮泥，所有生活的揉圆搓扁只会让我们更加亲密。

那是去年的塞班深海潜水之旅。当我们把决心深潜的计划告诉朋友们时，他们都说我俩疯了。是，我们就是疯了。虽然深海的水压会挑战我们原本就脆弱的耳膜，但这是我们一定要做的事——既然听不到更多的声音，那就用眼睛去记录更多的风景，挑战一个个不可能完成的任务，然后用余生慢慢讲给我们的孩子听吧。

深潜挑战的确没有想象的那么简单。我帮杨子穿上了笨重的潜水服、背上了巨大的氧气瓶，她被教练拖在水里浮动时显得尤为弱小。

"你 OK 吗？"

杨子笑着说："我 OK。"

海水猛地灌进双耳。随后我们的耳膜就感受到重重的压迫，教练示意我们积极调整呼吸，缓解耳部压力之后再往下潜。幽蓝的大海变成墨色，距离光源越来越远，我看到杨子开始做出呕吐的动作，但潜水镜和呼吸器的阻隔逼得她不得不忍住呕吐，顽强适应。

而我，却有种濒临死亡的感觉。随着下潜的深度不断增加，我的潜水镜开始积水，我强忍着巨大的恐惧，大脑和耳朵像被针扎般刺痛，我似乎看见寂静的海底深处，越往远处越是漫无止境的黑暗，仿佛自己正游走在死亡的边缘。就在这时杨子奋力地拽住我，示意我坚持，坚持游出海面。

浮出海面的一刹那，我立刻失去了意识，体内开始出血，一回到宾馆就发起了高烧，杨子吓坏了！她一时联系不到医生，就一直守在我身边，恍惚中她不断地给我喂水、喂药……夜里苏醒时，她在为我身上擦拭晒伤修复霜。

我拽住她说："对不起，不能陪你看塞班的日出了。"
杨子说："没有什么对不起，塞班每天都有日出，而你只有一个。"

从那次以后，我就相信我们是注定不会分开的，因为只有我们在一起，才能听见整个世界。

03

我们承认，戴助听器的人生注定有些事跟常人不同，比如，我们对“医院”和“健康”就非常敏感。

有一次杨子生病，我送她去医院，因为人多，十分嘈杂，我几乎听不到医生在跟我们说什么，生病的杨子就更听不清了。我只能提高声音对医生说：“能否麻烦您将口罩摘一下，我辨别口形的能力还不错。”

那次之后，我就很担心以后杨子生病到了医院，如果因为我听不清而耽误了治疗，我一定会自责一辈子！所以，无论新家选择在哪里，我都会去家附近的医院熟悉地形，了解情况。只有确保杨子是安全的，我才心安。

身体上的安全我能及时保护，父母的反对才是最让我担忧的。

从我们最初决定在一起，就遭到了双方家长的强烈反对。理由很简单，因为我们的父母听力都没有问题，所以我们如果和一个健康的人结婚，下一代出现听力问题的概率就很低。但如果我们在一起，我们的宝宝很可能和我们一样，与这个世界的声音隔离。

于是，我先是试图说服我的父母，甚至扬言如果不能和杨子在一起，就终身不娶；之后，又跑到杨子家向她爸爸妈妈请求，让他们相信我会尽我所能保护杨子，就算不能要宝宝，也愿意和她相伴到老。

最终双方的父母终于松口了，但是有个条件，就是做一种遗传基因检测，如果我们的指标能避免风险，他们就不再反对。从医院检查出来后，我们的手紧紧握着，很久都没有说话。杨子提出去附近的商场转转，我想她是想逛街缓解压力吧……我们路过一个橱窗时她停下来看了很久，我抬起头默默记住了上面的名字：I Do，是一家珠宝店。

7 天之后，我们拿到了医院检测结果：低风险！那一刻，我们俩强忍住内心的激动，走出医院后就紧紧地抱在一起！杨子更是激动，都笑哭了。

这个世界上没有第二个人比我更清楚她的感受。

04

上天已经夺走了我们一样东西，我不能让它再夺走更多。为了她能有个健健康康的身体，我从一个讨厌做饭的人变成“家庭煮夫”。

她下班时间晚，我就学着做饭，让她一回家就能吃上热饭。现在，几乎每天早上 7 点，我都会准时出现在早市。其实每天早起一会儿买菜并不难，那个让我一起床就去买菜，一下班就系上围裙的动力，是杨子的笑脸。

时间长了，市场上的人都认得我了。今早干果摊儿的胶东大哥见到我就提高嗓门说：“今天上新鲜的糖炒栗子咯，带一斤回家吃吧！”“太好了，来一斤！”心里想着杨子最爱吃栗子了，赶上最近她的胃不好，粥里加上几颗也能换换口味，她肯定开心。

没想到，杨子下班一进门就说：“老公，今天我买了栗子哦！”

看吧，我们俩的沟通不用语言，总是这么默契。

05

有人说：一个人，若想为自己的权利抗争，唯一的方法就是尽量发光，微光会照亮微光。相互找到后再一起发光。这种光会把各自的阴霾照亮，也会成为更大的光芒。

从双方家长反对我们相恋开始，我就知道这个道理。毕竟所有的家长，都希望子女的另一半可以更健康、更有能力。这世上 80% 的失败，都是因为中途放弃；而我们坚定地爱着彼此，我们没有任何放弃的理由。

很庆幸，我们做到了。

2018 年 10 月 21 日，我向她求婚。我拿出来那枚已经在我大衣里藏了很久的 I Do 钻戒，兑现了对杨子今生的承诺，如愿听到了那句：我愿意。

我还秘密安排了一个环节：除了她父母，我还偷偷邀请了她的爷爷奶奶，在求婚之后所有人一起拍了一张全家福，因为杨子曾说这是她今年的一个心愿。

最后，我想对杨子说：“就让我们一起读书、摄影、旅行，一起创造我们的回忆，一起面对生活的琐碎，一起面对父母的老去吧！一起、一直、一生走到最后！”

I Do 说

恋人若能在甜蜜之外，有幸找到人生的共通点，愈发难能可贵。人生很长，我们需要找到携手一生的旅伴。我们可以克服阻碍去共事，创造机会去旅行，去体验世界上所有陌生和未知的碰撞；我们能亲身感受到与对方的契合度，然后根据自己的直觉，去抱紧属于自己的幸福，这将是超越物质的最好的礼物。

情人节没有礼物还怎么谈恋爱？

主人公

大兵／Chrys，互联网从业者

相识 8 年，北京

你好，我的女孩：

又到了年终岁尾，同去年一样，比你先一步回家。每年把你一人丢下，我都有些不舍，今年更甚，毕竟明天就是情人节，或许这篇文章写完时，情人节已经到了。

手机上传来你的讯息，是一张图片：小粉的男朋友，情人节送她的礼物——鲜艳的红玫瑰。

你的意思我明白，责怪我没有买礼物。

其实我明白一份礼物对于女生的意义，无关年龄，每个女生收到礼物时都会像孩子一样开心，尤其是在这种节日。但不知为什么，每次在这件事上，我的拖延症都会发作，实属不该，这点我要改，礼物已想好，回去补上。

车厢里的味道越来越复杂，前座的大哥开了第三罐啤酒。

最近有点儿想喝酒，发自内心地想。以前喝酒是苦的，现在能喝出点儿粮食的味道。

可能有人脱了鞋子，一股脚臭味越来越浓。我没有一丝反感，这是车厢里应该有的味道，是人味。

写了很多大山大河，写了很多程序员文章，在这趟驶向情人节的列车里，我要写封信给我的女孩，在鼾声和车轮声中。

最近我总开玩笑说："我们都认识 8 年了，老夫老妻了。"

你总是质疑我："咦，8 年前谁认识你呀？"

可我记得，8 年前，大一新生的见面会，你竞选文艺委员，唱了一首飞儿乐队的《Lydia》。你穿着粉红色的衣裳，还是连帽衫，我听到了你的自由。

之后的 3 年，我没怎么主动找你说过话，可能是小镇青年的自卑吧。

你爬你的山，我混我的国防生。

后来你也混了进来，也正因此，我们有了更多的相处时光，当然是和很多战友在一起。

通常在训练的间隙，大家会席地而坐，谈天说地，一起抱怨苦闷的生活。不像其他男生，擅于和女生讲话，这方面我不太擅长。如果有男生和你聊天，我会趁没人注意的时候凑过去，听你们聊，跟着傻乐。

你很不一样。在每次聊天中，我能感受到，你不像我认识的多数北方女孩，也不像我认识的几个南方女孩。

我在感情上是木讷的，更没有多强的占有欲，即使对你的好感越来越多，也还是会做人群后的那个男孩。

直到大三那次新疆之行，让我们有了更多的相处，虽然同行的还有小勇和放姐。

如果没有你，我是不会去的。

那二十多天，我很开心，你像一扇“任意门”，为我打开了全新的世界。

我隔一段时间就会翻看你的社交网络，当时你和放姐在写新疆游记，每当看到你的那部分时，我都会特别认真。不知道翻了多少遍，如果这页面是个本子，估计已经被我翻得页边都打卷儿了。

和你接触多了，就会发现你在感情上也是迟钝的，每当聊起别人的八卦，你就会兴致盎然，一谈到自己就安静。我心想：这点和我一样，挺好。

记得大四那年过年，你去贡嘎转山，山里没信号，快一周的时间，我每天早晚都要给你发一条信息，心里急得很。那时候的我在北方小镇的烟火里，默默地担心：我担心你在皑皑雪山下露营的装备和干粮不够，我想象自己正陪着你在贡嘎寺潜心闭关，我仿佛陪你看到了垭口的第一缕日光……我知道，这份感情已经慢慢炖出味道来了。

虽然事后你回忆说完全没有感受到我的牵挂，我却从不介意。你就应该飒爽英姿，豪情仗义、大大咧咧，像个独闯江湖的潇洒女侠。孤身搭车、重装徒步，一副什么都不在乎的样子。

而我只愿对你百般呵护，免你受惊受扰，免你对爱失望。

你从小就跋山涉水，而我基本没怎么出过远门，包括上大学之后。这样的我，突然就在大三暑假，跟着你搭车旅行，到荒无人烟的地方重装徒步，半夜逃票到大草原，被人丢在一片漆黑中，只知道旁边有个羊圈。

猛地抬头，我发现了满天星光。

你抬着头说，希望以后的另一半能在珠穆朗玛峰的星空下向你求婚。那一刻，我只觉得那片星空与我有关，从此我把珠穆朗玛峰的求婚，放在了心里。

终于在大学的尾巴，在一座陌生城市的军校里，我们的感情生根发芽，连理同枝。可好景不长。

毕业国防生分配，我留在繁华的北京，你分配到之前从未听说过的沿海城市——广东湛江。很多人不看好我们的感情，至今我还记得大学室友大郭的话："这俩人完了！"不知道他还记得不。

那两年过得很快，可能是站在今天的感受，而身在其中的两年，于我们俩而言一定是漫长的，痛苦多于快乐的，而你承担得更多。

印象最深的就是你当时患有周末恐惧症，一个月总有那么一两次的崩溃式哭泣。那时你总说：平时工作忙的时候没觉得，一到周末就好无聊，周边的山和海岛早都走遍了，不知道要干什么。

对于热衷于户外生活的你来说，这份痛苦难以承受，我能感觉到你的抑郁，像被打断翅膀的鸟儿。那时我最担心的是你一个人去海边。

于是，我下定决心要结束异地状态。我们都想方设法推进这件事，虽然面对父母、领导的压力，虽然花光了我们所有的积蓄，但你终于退伍，回到我身边，尽管费了九牛二虎之力，我们却从未后悔过。

现在想起那段时光，感慨万千，也体会到了异地恋的巨大压力，没有痛哭过不足以谈人生。那两年我们很少吵架，即使吵得再凶，也从未提过“分开”两个字。

当年我们都偷偷地哭泣过，如今我们已无所畏惧。更何况，我已经做

好准备去完成我们的事。

有些困了，车厢里的人也都睡了，就写到这吧，脑海里的画面依然翻涌着，不知疲倦，那些就留给以后的每个情人节吧。

这封信是否比小粉男朋友的礼物更好？

写于 2018 年 2 月 14 日凌晨

后记：

2018 年 5 月 19 日，我们到达拉萨。她随口说的那一句珠穆朗玛峰星空下的求婚，我没有一天敢忘。

我们计划好了所有行程、住宿、餐饮，怎么也没料到我刚下飞机就遭遇了严重高原反应，头痛欲裂、天昏地暗，仿佛下一秒就要坠入万丈深渊。

珠峰怕是上不去了。

5 月 20 日那天，你早早就起床去了附近的市场，而我还天旋地转地躺在床上，我约你傍晚时分在布达拉宫前见。

我想，是时候了，就让圣洁的拉萨见证我们的神圣时刻吧。

那一刻，布达拉宫代替珠峰见证我们的爱情，我单膝下跪，仰面向你——我的女孩。你未施粉黛，跟平常一样穿着蓝色的冲锋衣、运动鞋，背着双肩包、扎着马尾，这就是最真实的你，最美的你。

那天，我们没能抵达珠峰脚下，也没有事先准备好的钻戒，只有一串在拉萨买的珠子。

或许真实的生活总有不完美，但只要在一起，我们总会努力达成夙愿。我们一起去探索未知，一起学习、成长，一起看很多风景，一起去经历很多没有经历过的事情。

任世事变化，我们一直牵手。

I Do 说

成年人的爱情可以有多浪漫，小时候不懂，长大之后才会明白。风花雪月的日子落幕，时间总会把虚荣和浮华冲散，把最好的人和情留到最后，它们用看似不经意的事诠释更深情的浪漫。为你开启浪漫征程，为你停下浪漫脚步，爱你的人为你所做的一切，都值得被嘉许，因为相爱本身何尝不是一种浪漫呢？

成年人的爱情，真的不会浪漫了吗？

主人公

李菁／作家，闫凌／旅行家

相识 2 年，湖南湘西

遇到他之前，我不相信一见钟情。

01

一个平常的夜晚，我收到一条老友的微信："亲爱的，有一位先生介绍给你认识，他叫闫凌，你看看，也许你们有缘相识。"

这位老友很了解我的为人，她的这个举动让我满怀好奇：这是位怎样的先生呢？

满怀好奇，我加了这个陌生男子的微信。点开他的头像，我的心突然抽动了一下，随即一股暖流从心中漾起——天哪，这是一种多么久违的喜悦。我马上翻看了他的朋友圈，惊叹这不就是我一直在寻找的灵魂伴侣吗？

我向往自由，于是在几年前辞去了大学教师的工作，在湘西小镇上，过起了自由写作的生活；他，也是自由之子，放弃了高薪厚禄，开始用脚步丈量世界……内心深处的我们好相似，我们爱旅行、爱摄影、爱阅读、爱写作，内心都充满了对生活虔诚的热爱和对自由强烈的渴望！

几乎只用了 5 分钟时间，我就确认了他是那个可以陪我走完一生的人！知己相遇，是一刹那的永恒，是灵魂认出了彼此的模样。

于是，我做了一个大胆的决定，激动地发了一条微信给他："如果你愿意，我在湘西浦市古镇等你来，我们一起创造一个家。"闫凌长我几岁，对人、对事也更成熟理性，当时正在突尼斯旅行的他回答我说："我们还需要进一步了解，再做决定。"

无须犹疑，正确的人出现，你会很快接收到这份感应。

02

随后两天，尽管我们相隔 7 小时时差，但真的就像认识了很久的老友一般谈心聊天，聊生活、旅行和那些相同的梦想，一切是那么舒服与自然。他行了万里路，我读了万卷书，我们的三观出奇地一致，这样的相遇真像是一个奇迹。两天后，他在微信里深情地对我说："我确定，你是那个我一直在等待的人。等了这么多年，终于等到你，我愿意和你一起读书、写文、旅行，了此一生。"

看到他的话，我掉下了眼泪，感慨命运的神奇：

原来当我坚定去做自己时，真的就会遇见那个对的人。天知道我为了这一天，走了多久。

虽然现在的我是一个畅销书作家，而10年前，我是一个自卑的小镇少女。他也才27岁，是一家公司的高管，每天西装革履，戴着金丝边眼镜，拿着傲人的年薪，过着在外人看来很体面的生活。直到2009年元旦，他的母亲和祖母在几天之内相继去世，使他陷入了巨大的悲伤，他决定要重新规划未来，换一种活法儿。后来，他毅然辞掉了高薪工作，把身体从笔挺西装的束缚中解放出来，换成了轻松自在的T恤、牛仔裤，穿上了徒步鞋，开始去行走世界……

这8年，他独自去了上百个国家，走遍了三分之二的世界：在非洲，他拥抱了非洲大地上的孩子；在埃及，他深情地“亲吻”狮身人面像；在约旦古罗马遗迹中，他寻找被尘封的印记；他还用了5个月的时间，从北极穿越整个美洲大陆到达南极——被犀牛追赶、被激流冲走、遭遇雷暴……所有的身陷险境和命悬一线，在他的叙述中都是云淡风轻，可我还是能感受到他一路走来的勇气与力量。

他说：“此后，你就是我的全世界，我不会再独自远行，我愿意为了你，到你的小镇生活。以后你想去世界上任何一个地方，我都会马上带你去。”

现在，我只期待着我们相聚的一刻。

03

他回国那天，我去北京高铁站接他，乘梦而来的他终于要走进我的世界了——他从出口远远地跑过来，怀里抱着一捧火红的玫瑰，给了我一个大大的温暖的拥抱。

与君初相见，犹如故人归。我们好似分别已久的恋人，并不像初见。

他给我带来了许多礼物，我听着他细数它们的来历：几枚绝美的复古首饰、异域风情的长裙、香奈儿的香水口红、凡·高的明信片……好像是要把他眼里的全世界都带给我，我真切地感受到从未有过的宠溺。

“你最想去哪里，我都可以带你去。”
“想去香港、澳门。”

他马上就买好了两张直飞香港的机票，他说，他不要再一个人去旅行，走到哪儿都要牵着我的手。

11月14日，香港迪士尼，在一座城堡前，他从背包里取出戒指，单膝下跪，深情地望着我说：“菁菁，我爱你，嫁给我吧。”他的眼睛里满是星辉，像月光的余晕，有着我从不曾遇见的赤诚与深情。蓝天下，我们深情相拥，我终于拥有了这世间最好的幸福。

所有的相遇，都是久别重逢。

04

爱情是什么？他对我说，爱是付出一切。

于是，他真的离开了北京，卖掉了房子，来到我的家乡——僻静美丽的湘西浦市古镇，买下了我们的婚房。他说："不远万里，只为你来。"

沅水边，我们在草坪上晒太阳，看水牛慢悠悠地吃草；晚饭前，我们去自家菜园里采摘新鲜的蔬菜；我们一起陪伴父母，经营客栈，一起听四方朋友们的故事，我们还约定每到客栈淡季就去环游世界。

从此，我在哪儿，你的家就在哪儿。你在哪儿，我的梦就在哪儿。

在我第三本新书的首发式上，台上的我坐着分享自己的写作经历，他在台下背着笨重的相机为我拍照。整整三个小时他都没喝一口水，变着法子——甚至跪下来，只为捕捉到我最好的样子。

那天他真是累坏了，当天晚上他犯了头疼，看见他躺在被窝里痛苦的样子，我学着母亲照顾我的方法，用热毛巾敷在他的额头上，一遍遍轻声问着："好些了吗？还疼吗？"

他的眼角溢出了泪水说，自从所有至亲离开后，不管是挫折还是病痛，他都是一个人硬着头皮熬过来的，很久没有人再这样细致入微地爱着他了。当我听到这句话时，就发誓一定要给他更幸福的家，给他全部的爱，不能再让他一个人。

此生，风雨同舟，我们一起走。

05

他行万里路，我读万卷书；他理性，我感性；他喜动，我喜静；他在生活中断舍离，我却总是多多益善；他表达能力强，我更擅长书写；他凡事乐观面对，我更容易落泪；他从小在城市长大，满目繁华，我从小在小镇长大，满目青山……虽然，我们有着完全不同的成长背景，完全不同的性格，见过完全不同的风景，但我们对彼此的爱却是相同的。

因为他，我变得爱笑、自信、乐于运动、不惧表达，生活中删繁就简，对世界有了更美的期待。这就是最好的爱情吧，它总能带给一个女人成长的阳光，遇见更好的自己。

亲爱的，谢谢你放下全世界，为我而来。

I Do 说

爱情不是望着彼此，囿于一个小天地，而是一起坚定地望着同一个远方。许多人认为艺术和爱情不能当饭吃，因为不切实际，无法抵御生活的风浪和考验。但总有人乐于清贫，将热爱的艺术作为终身事业，并在这条路上找到惺惺相惜的灵魂伴侣，共同完成无价的创作。并肩而行、历经风雨，最终成长为彼此忠贞不渝的爱人。

艺术和爱情，能当饭吃吗？

主人公

施秋荣／胡弦，导演

相识 6 年，北京

有人说，另一半最好不要找同行，经常发生摩擦容易导致分手，也容易没有吸引力。可我们俩是个例外，因为我们共同的艺术追求，火花就在并肩前行中擦亮，然后让爱情变得耀眼。

01

我站在路边，我们刚两个月大的孩子“小胡桃”在我怀里发着烧，我自己也病得不轻，呕吐不止。在路灯下我目送秋荣坐着出租车离去，丝毫没有抱怨。

为了我们共同的作品《内心引力》，我知道，这是秋荣现在必须要做的。

电影的上映引起了巨大反响，数百人自发组织百城观影计划。浙江场结束后，秋荣要赶下一个场次。他几乎去了每场活动，我本想跟着全程参与，但是带着吃母乳的“小胡桃”跑了几站之后，因宝宝生病而无奈放弃。

这部片子的发展，远超我们最初的设想。两年拍摄了 5 个国家、20 个城市、8 万 G 的拍摄素材。剪辑制作的同时，我和秋荣花了一年时间自己去寻找电影宣发投资。2017 年 6 月，《内心引力》这部片子成为首部顺利登上全国电影院线的商业纪录片。

将近 4 年的时间，这部展现众多人内心巨大原生创造力的片子终于落地。我们也一路成长，结婚生子。一部讲述创业的纪录片，片名和我们的爱情意外契合。

刚开始拍摄的时候，我们总有不同的想法，经常吵架。
"施老师，不听我的话是吧。"凌晨两点，他偏要趴到没有任何安全保护措施的车顶上随车拍摄。
"但是有这样一个高机位会很好看。"秋荣坚持着自己的想法。
"我护着你吧，要死一起死好了。"我也坚持地责备道。

“好好好，不去了。但，你看那边是不是要安全一点儿。”秋荣带着笑意。

秋荣是一个凡事亲力亲为的导演。对于影片，我们都有一种锲而不舍的状态，都有自己坚持的部分。“施老师，你为什么不能用艺术一点儿的方式呢？”我喜欢依靠自己敏锐的现场捕捉力。“不，不，我再补拍两个镜头就好。”为求稳妥，秋荣习惯多次拍摄。“施老师，你这样真的一点儿都不艺术。”我撂下话，转身走开。“弦子，你今天的水还没喝呢。”秋荣追在我身后小声念叨，用这样的妥协转移我们的争吵。

那时我总觉得自己是对的，是高级的。后来慢慢地我才承认，秋荣“俗气”的镜头至关重要，也恍然大悟，原来是秋荣的默默统筹，保护了我天马行空的“艺术性”。当我真正尊重并敬佩他的控场力的时候，他也被我感染，越来越开放，越来越细腻。我们慢慢开始互相理解，也在这样的磨合中真正看到了彼此，重新认识了彼此。

我开始明白，爱，不是期待对方改变，不是要对方顺着自己的心意，而是在发现对方闪光点的同时，包容彼此的差异，接纳彼此的真实。

02

秋荣毕业于北京电影学院。我听说，他是学校里的风云人物，拿过Discovery（《探索》）中国“新锐导演计划”优胜导演，中国纪录片协会年度十佳纪录片等诸多大奖。

而我，2009 年从中国传媒大学毕业后做过很多事情，当过买手，做过婚礼视频，还去欧洲游学，自由自在，不喜欢受拘束，是别人眼里“文艺女青年”的典型代表。但我隐隐地感觉自己想要结束这种“飘着”的状态，稳定下来。我想成家了之后再立业，找一个我爱的人，一起去做事业。

那时候，我还不知道这个人就是秋荣。

2012 年，毕业三年了，我们才相遇。第一次见面，秋荣就问起我的生辰八字。在马德里的浪漫海滩，刚晚上 8 点，他就要和我分别，送我回酒店，真是一个传统、木讷又耿直的大男孩。第一次约会，秋荣带我去朝阳门给流浪汉奉粥，又带我去龙泉寺劈老砖瓦，他还完全没感觉这有什么不对。太好玩了，这个人的性格和我完全不一样，也和我周边的男生都不一样。

只是那时候，秋荣已经不拍片了。保守无趣的体制内拍摄使他陷入了长期的迷茫，他一直在怀疑拍摄的意义。

记得我和秋荣一起看了《把爱传出去》这部十几年前的老电影，影片中的小男孩，倔强地执行着一次理想主义任务，试图改变这个世界。看完电影，秋荣备受触动，彻夜未眠，我陪他探讨影像拍摄的实质，探讨生活的理想。

好的影像，有唤醒人内心善意的能量，也唤起了秋荣拍摄的乐趣和动力。他决定一直拍下去。

爱情在工作中悄然发生。我和秋荣合作拍摄了一些项目，我们都喜欢相对真实的记录方式，画面空灵简单，自成一派，风格并非那么大众，但气味相投。最早的时候，我们在一个很小的胡同房里，共同工作和生活。
春天，我在家给秋荣剪头发，他乖乖地坐着一动不动；
夏天，秋荣会为我敷他自制的面膜：酸奶，黄瓜，混着不知名的花瓣和精油；
秋天，秋荣爬上屋顶扫落叶，我在落叶雨下高兴地转圈圈；
冬天，没有足浴盆，秋荣用热水灌满塑料袋，叮嘱我泡脚驱寒。

赶蚊子，赶虫子，赶片子。
那时的生活——穷，但不失快乐。

那是 2012 年，盛传末日来临。夜里供暖管道呜呜作响，望着窗外漆黑一片，下着大雨，秋荣突然深情地说："就算末日到来也不怕了。"我好奇地问为什么。他说："因为爱的人就在身边。"我假装没听清，一个劲儿地问了好几遍。"爱，给予人力量。"他又认真补充道。

后来我们一起成立了纪录片工作室，在北京郊外租了一座四层带院子的白房子，取名为“醿”（同酿），意思是，时间成为醿最好的容器，让醿成为时间最好的记录者。

大家都不觉得这是一个公司，而是一个家。有草坪，有大大桌子的院子，是我们玩耍的地方。地下室到二层，是办公区域，随意摆着花儿和绿植，清幽而别致。三层是我和秋荣的居住空间。阳光洒下，像是为整座白房子加上一层完美到不真实的滤镜。我们坚持做着自己喜欢的事情，而不只是为了赚钱。

似乎没有什么比两个价值观相同的纪录片导演走到一起更契合的事情了。工作中、生活中，我们几乎形影不离，工作室成立的第二年，我们开始记录身边朋友的创业故事，纪录片成了我们一起创作的载体，也促成了《内心引力》的产生。

他真正找到了影像带给人的力量和意义。一部商业纪录片能影响这么多人，给他们的生活带来一些正面影响，我们是幸运的。

03

经历过这波热浪，我们的工作和生活并没有发生太多的改变。

回归平常，我和秋荣手忙脚乱地照顾“小胡桃”。阳光下，带着“小胡桃”，和秋荣一起照料院子里的小植物。星光下，院子里的大桌子，三五成群的好友，弹吉他唱歌，聊天聚会，逗“小胡桃”玩。有了“小胡桃”的世界，充满了无序，也充满了欢乐。

我常常觉得孩子和创作是一码事：孩子是心灵的导师，让我们直面生活的内核。“小胡桃”哇哇大哭泪痕未尽，涂涂写写浑身沾墨。面对这些通常让人束手无策的场景，我会灵感大发，试图找到纪录片的主题素材，或尝试发现其中的电影质感。

看着这个胡子拉碴、穿着四角裤衩不修边幅的秋荣，轻轻抱着“小胡桃”，试图哄她入眠。他一边来回踱步，一边和着音响，唱着“快快来，快来和我们一起拔萝卜”，我觉得又好笑又感动。

爱情落到了柴米油盐的细节实处，我们一起抵御现实的琐碎。

我和秋荣经历着所有夫妻都会发生的故事，共同去面对，真正去生活，而不是站在生活的对立面去袖手旁观、去想象。镜头语言记录的真实，反而成了另一种诗意和浪漫。

现在，我幸福而满足。回过头看，全是甜蜜，昂首往前，未来可期。

关于是否存在灵魂伴侣的讨论

The Definition of Soul mate

所以，在这个看脸的时代，

仍然有很多人找到了自己的灵魂伴侣，

要让彼此的眼神透过皮囊，深入灵魂。

跟着这些故事，探寻找到灵魂伴侣的过程。

我们青梅竹马，从小认识。平时相处的方式就是互怼互黑，越怼越爱。

我有恐高症，不敢坐过山车，甚至不敢走过街天桥。
但为了向她表达爱意，我决定去蹦极。
在跳下的一瞬间，我大声喊出了她的名字。我想她肯定会很感动。
结果，她说：“你刚才跟个大傻子一样。”
后来，她和这个大傻子在一起。如今已经 8 年了。

1 @ Lynn

2 @ 陈永超

结婚前我俩异地半年，每天互赠诗词。那时候心思全在她身上，我背诗词的功夫，突飞猛进，几个月后，我竟然还写了出一首诗赠她：

《七夕还乡》
七夕还乡会佳人，黎明相见长精神。
四目相接不成语，两情相拥欲断魂。
携手七日如一瞬，别离一日隔三春。
玫瑰花香今犹在，但是不见送花人。

真应了那句话：恋爱中的人，都是诗人。

他第一次看大海就是和我一起，那也是他第一次住帐篷。
他把仅剩的一个睡袋，让给了我。
黎明，他被冻醒，还假装说“我起来看日出呢”。
是我教他如何搭帐篷的，但之后每次露营都是他来搭。
从香港到澳洲，从海边到山里。

如今，我们的宝宝已经两岁了，家里有一个温馨的搭着布艺帐篷的小角落。

3 @ 姗姗

4 @ 长沙 黄敬亭

她看了我写的一篇影评后，加了我的微信。
我俩都是低调的人，朋友圈很少发，没有照片，有新电影上映时就在微信上聊聊彼此的感受，每次听她的点评都有种未曾谋面的知己感。

后来她来我的城市出差，我住的地方离高铁站不远，刚好又有时间，就想着去接她碰个面，请她吃顿饭。

我没见过她的照片，但她出站时，我一眼就确定那是她，我本想只是平淡地打个招呼，没想到自己却冲过去冒失地拥抱了她。
我不是贾宝玉，可我见到她的那刻，却明白了贾宝玉所说的“这个妹妹我曾见过”。

她是我合作伙伴的顾问，印象里是个很认真、业务能力很强的人。

一次在后海附近聊完事情，天色已晚，就想着找个酒吧喝一杯。不知怎么的，原本一大帮子人，最后去的只有我们俩。

是个安静的酒吧，有歌手在台上唱爵士，两人开始瞎聊。当聊到家人时，一直冷静的她声音变得哽咽："我没有家可以回去了。嗨，不说了。"

原来，她的父母都在那一场大地震中离世了。
我从没想过，新闻中的大事件会和我的生活有交集。

她转过头去，像是一下子掉进了记忆的黑洞里，表情苦涩得让我好想去抱抱她。

我一个人在北京开了一家不算大的公司，我一直觉得什么都可以，什么都能承受。

直到那一刻我才明白："我之前所有的坚持和承受，只为了遇到她。"

5 @北京 赵世宁

她在小区的儿童游乐区碰见人就问:“有没有见过一个扎着两个小辫子，穿粉色衣服的三岁小孩?”
我就是被她问的人之一，以助人为乐的精神帮她找孩子，丢了孩子是大事，我心里也挺急，没怎么细看她。
找了一个多小时，被物业通知:孩子被保安找到了，正在保安亭里等。
看到孩子的那一刻，她号啕大哭，上气不接下气，其实，她也还是个孩子。
她在读硕士研究生，小女孩是她导师的女儿。
我是唯一一个全程陪她找孩子的人。后来，她成了我的女朋友。

6 @北京 李山

7 @ 杭州 林启

公司年休去大理玩，听说那边有一些好玩的生活市集，便和哥们儿一起去逛。
她在一个不起眼的位置，摆了一个不起眼的摊位，卖不起眼的长得像土豆的自制面包。
其他的摊前，人头攒动，唯独她那里一个顾客都没有，她也不急，坐在摊位里面看书。
一会又戴着耳机摇头晃脑地扭动身体，一脸陶醉满足。
全世界应该只剩下我和她了，我挪不动步子，就想看她。
想做她一辈子的观众，听她说话，看她烤面包。
哥们儿不知道什么时候过来了，我去扫了姑娘摊位上的微信，加了她。
现在，在大理，我们在一起打理一家小小的甜品店。

第三篇
PART 3

那些从异地恋到结婚的秘籍

“平时看不见摸不着，每次见面从第一个拥抱开始就担心分离。”

“一个人拎着超大号行李箱回家，还顺手换了个灯泡，突然觉得这恋爱谈不谈都没区别。”

“忙，两个人都忙，谈个恋爱跟玩漂流瓶似的。”

“没什么，就是觉得累，坚持不下去了。”

异地恋真的难，我们都懂。

异地恋也真的美，美在不管未来怎样，我只想跟 ta 赌一把的勇敢和决心。

这些情侣想跟你分享他们是怎么从异地恋走到结婚的。

没有人愿意用自己的时间去赌一个不确定的未来，

但如果那个人是你，那么，我愿意。

I Do 说

爱其实很简单。

两情若要长久，办法无非是日复一日的磨合与各退一步的妥协，还有就是在深爱的人面前敢于放弃某些偏执的勇气。我们是最容易受伤的人类，而爱情，是两个世界的交融：每个人都要勇敢地伸出手去拥抱对方，每个人也都有自己的脆弱。

我爱你，请让我治愈你的脆弱。

秘籍 1：先治好玻璃心

主人公

焦蔚／操作师，魏娇／话务员

相识 8 年，辽宁葫芦岛

"如果分手了，我的名字就倒过来念。"

01

"魏娇，现在已经很晚了，吵架可以，明天再吵。"

凌晨三点，我们又吵架了。他的声音冷静而理智，挂了我的电话，留下一串空虚的忙音。

我更加生气了，满脸淌着泪水疯狂地按手机，一遍遍地给他打电话。但他始终没有接，只发来了一条信息："明天我会联系你的，今晚你自己先冷静一下吧。"

我不记得我们为什么吵架了，或许又是他的某一句话惹我生气了。

那晚我通宵未睡，又独自看了一遍《我想和你好好的》。

那是冯绍峰和倪妮主演的爱情电影，男女主有过幸福，也有过裂痕。“你就是神经病。”冯绍峰指着吵架后失去理智、兀自走向车流的倪妮喊，在倪妮快被车撞的瞬间，一把拉她入怀，紧紧抱住。

我早已泣不成声。

这部电影上映的时候，我和他去电影院看过。当时他就说，觉得我和影片中的女主相似。我们都多疑、极端，爱耍小脾气，并且缺乏安全感。我承认。

影片结尾，倪妮剪短了头发，想让一切回到原点，回到从未相识的那刻。画面开始一点点倒播，这多像从我们手中溜走的日子，无法逆流归来，看到这里我的眼泪决堤了。

“那我们呢？”

“我们彼此要好好珍惜，谁都不许提那两个字。”

“我们会好好的。”

电影散场的时候，他握紧我的手，轻轻拭去我的泪痕，俯身在我耳边温柔地说。

02

那时候，冯绍峰和倪妮的感情戏外比戏里好。“如果分手了，我的名字就倒过来念。”两人在微博里打趣。

我转发了这条微博，他留言说：你的名字要不要倒过来念。这是一个只有我们才懂的梗儿，也是我们特别的缘分。

我叫魏娇，他叫焦蔚。我们的名字倒过来念，发音正好是对方的名字。

我们在同一个高中念书，因为名字相反有趣，同学们总爱开我们的玩笑，制造我们在一起的巧合。那时候懵懵懂懂，也没有人明确地说出“喜欢”。只是你帮我带一份早饭，我给你买点儿零食。年少时的感情，清澈透明，不会想要考验自己在对方心目中的分量，只想拼命地对对方好，争取多点儿时间和对方相处。

时间长了，他开始送我回家。其实，我们两家并不顺路，但谁也没有多问。

那天是“六一”儿童节，他放学送我回家，我们在家楼下的小花园里坐着聊天，聊到太阳快下山，天都变凉了，我们还是不愿意回家。小花园笼罩在一层落日余晖的暧昧光影中。他说，你冷了吧，于是笨拙地把校服外套脱了，披在我身上。

我还没来得及感受他的体温，就在那一瞬间，我看到了一个熟悉的身影——我妈。

我妈没和我们说话，很淡定地直接走了。

“我该回家了。”我正准备把校服还给他，他凑上来，直接亲了我一下。

我当时就蒙了，把校服扔给他就赶紧跑了。上楼的时候，我的心“突突”直跳，像有1000只小鹿在里面横冲直撞。那时我还不知道这是心动的感觉，以为自己在担心我妈的发难。

回到家，我妈并没有提及这件事。第二天上学，我们俩也故作轻松，好像这件事根本没有发生过似的。只是我们聊天的时间越来越长，回到家也停不下来。我躺在床上跟他打电话聊天，手机就这样一直开着，慢慢地，我的声音会越来越小，偶尔回一个模模糊糊的“嗯”，“嗯嗯”。如果我久久没有回音，那就是我睡着了。后来我才知道，他不会马上挂电话，他怕挂电话的“嘟”声会把我吵醒，他要听见我均匀的呼吸，确定我真的睡着了，才会挂电话睡觉。那时我们还没有确定关系。

高中毕业的暑假，他推荐了《情书》这部电影给我看。

“你好吗？”女主在雪地里一次次呼唤。一个名叫藤井树的男孩，躲在图书馆飘动的窗帘后面，偷偷地、深深地喜欢着中学同班那个也叫藤井树的女孩。年少的男孩不懂得表白，只是一遍遍在借书卡上写下“藤井树”。含蓄到无痕的情意，像漫天雪花晶莹剔透。焦蔚的心意，我自然懂得。

谁愿意只在白云苍狗后唏嘘不已，只在回忆里留下温存与绮梦呢？我们在一起了，同时迎来了大学4年的异地恋。

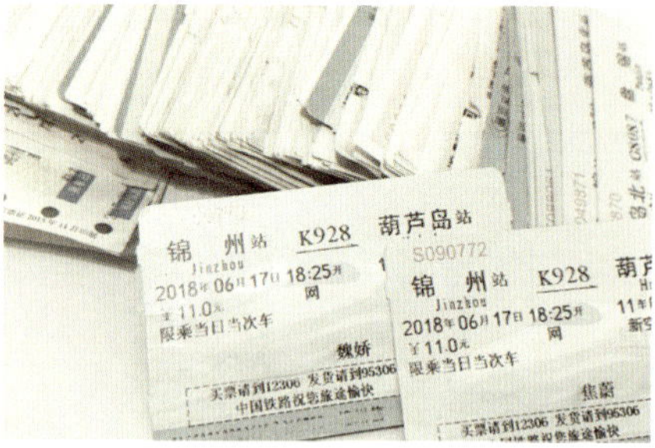

03

"此心安处是吾乡。"我们之间没有怀疑，没有忐忑，对自己，对爱人都万分认真。你懂我的勇敢也知道我的狼狈，我爱你的坚强也明白你的胆怯。恋爱之初，大概我们都这么以为吧。约定每晚睡前互道"晚安"，就能抵得过时间和距离吗？

我的脾气不好，常常因为他的一句话、一种语气就大吵大闹。如果恰好那时他在身边，一个拥抱可能也就化解了无谓的争吵。可在电话里，话一到嘴边就变了味。一滴眼泪还没来得及擦，第二滴就又落了下来。我带着颤抖的哭腔，往往越吵越激动，越发觉得委屈和难过。

这时我才真正明白了异地恋为什么容易分手，如果难过、生气或者有了病痛的时候，被喜欢的人拥抱一下，再激动的情绪也会被融化，变得毫无杀伤力。可是当两个人相隔千万里，时间和空间的距离就变成了不留情面的杀手，一点一点耗尽人的耐心而不给半点儿补偿。

我不知道如何表达自己的在乎和爱，越想抓紧越抓不紧，越想靠近越靠不近……每天对他夺命三连问："和我在一起你开心吗？""你爱我吗？""你有多爱我？"不断试图确认他的心意。

每次吵架后，我都很后悔，很怕有个比我温柔的女生善解人意地去开导他。开始他会道歉，会哄我，会跟我讲道理；如果我再闹，他就会沉默。他不责怪我的无理取闹，包容我的胡搅蛮缠。他说他理解我只是发泄一下情绪，他说他要努力给我安全感，让我能不通过这种激动且偏执的方式才能感受到他的爱。

大三那年，冯绍峰和倪妮分手了。我跟他矫情，说我再也不相信爱情了。这就是那晚我们吵到凌晨三点多的理由，他挂了我的电话，要我独自冷静。

第二天，他买了最早班的火车来看我。我面不改色，说你怎么来了。我才不要让他知道，就这刚见面时的第一个拥抱，已经让我的心里软了下来，眼前飞过无数亮晶晶的小星星。

“怎么能让毫不相干的人决定你的爱情。”他又认真地讲起道理来，“我怎么可能舍得你难过。”

“那你怎么能挂我电话，不接我电话就是不对。”我还是耍着性子。

最后他给我打了100个电话。

我看着他一脸诚恳的样子，不禁又心疼起来。有一首歌唱道：“当你放不下一个人，那就是定下来的时候。”爱，经不起遗憾，也许经历过几次心痛，就会懂得该对谁执着。

04

后来，倪妮和井柏然也分手了，冯绍峰和赵丽颖结婚了。

我和焦蔚还在一起，7年了。

上大学的时候，我们就讨论过要在2019年结婚——我们已经见过双方父母，决定2019年5月20日去领证，马上就要实现这个目标了。

在焦蔚的陪伴下，我越来越成熟，虽然我们偶尔还是会有争吵。现在我更多的是数日子，为了我们的爱充满仪式感，我不想错过每一个纪念日：初吻纪念日、100天纪念日、1 000天纪念日、周年、生日……所有节日。每一年的这些日子，我都要布置场景，准备惊喜。我和焦蔚乐此不疲。玫瑰、气球、蜡烛……哪怕只是一些简单的星星灯，都能点亮我们疲惫生活里的英雄梦。

我们找到了最适合彼此的表达爱的方式。

将睡未睡时，我呢喃他的名字，黑暗里，他一个翻身就抱住我。

“明天是什么日子？”

他对答如流，我甜甜睡去。

我们会一直好好的。

让生活冒着粉红色的梦幻气泡，也让周围爱我们的人分享到这份甜蜜。

I Do 说

爱情需要仪式感，仪式感可以缩短距离、家庭等很多现实的阻力。珍惜每个相守的当下，让每个当下都变成能让彼此难以忘怀的小小仪式。它们会变成五彩缤纷的糖果，让生活冒着粉红色的梦幻气泡，也让周围爱我们的人分享到这份甜蜜。

秘籍 2：制造甜蜜惊喜

主人公

Golden ／公司职员，Golden ／军人

相识 5 年，北京

异地恋很苦，苦到只要给一点儿甜就足够了。但我们的异地恋，在遇到他之前，我不知道生活还可以过得这么动人，也不知道原本苦涩的异地恋，也能谈得出日夜厮守的美感。

01

那天晚上 8 点多，我宅在家里看电视，忽然听到有人敲门。长期独居的动物警惕性爆发了，我一直追问："你是谁呀，到底是谁呀？"过了许久，门外的人才说："你老公。"我第一反应是——骗鬼呀。那时我们可还分隔两地，闹着别扭呢。

他是军人，我们总是聚少离多。今年 3 月，我辞职跟随他来到北京，准备开始新的生活，可刚三个月他就又被调到了别的省份，很久都回不来。我们决定了 10 月领证，因为只有在那时他才可以回趟家。在那之前的几天，我跟他发脾气了："快要领证了，可是连求婚都没有！什么仪式感都没有！"奇怪的是，平时我发火他都会着急地电话

打给我，那天却没有。

那个人就静静地在门外等着，我仔细分辨了声音，觉得好像真的是他。虽然不可思议，我还是开了门。“啊！真的是你啊！”我开门，他就站在门外。我看了他一眼，不知哪根筋搭错，又把门关起来了。靠着门，我的心“扑通、扑通”地跳着。

过了一会儿，我深吸一口气，第二次打开门。

他单膝跪地，拿出来一只布娃娃说：“虽然这不是你一直要的那个小熊，但我今天跑了一天真的没买到。”我接过那只布娃娃，抱着它，蒙了。

他又从背后掏出一枚 I Do 的戒指：“你愿不愿意嫁给我？”

太突然了！我腿都软了蹲在地上哭了半天，然后说：“你怎么还不给我戴戒指啊？呜呜呜……”他把戒指给我戴上，我这才发现，这家伙也在流眼泪，这可是在一起两年多我第一次见他哭。

异地的时光很艰难，但他给了我太多甜蜜的惊喜，也给了爱一个保护罩，让孤独无法侵袭我。我们一起用对彼此的珍重，用各种小事和仪式感建造了一个糖果世界，里面的一切都是甜的，最终我们成功地从异地恋走到了婚姻。

02

那一刻，我确信，我拥有了全世界的甜。

可能是“甜蜜过了头”，牙齿受不了了，第二天晚上智齿开始剧痛，脸肿得像个大包子，得去输液。

去医院前，他正在厨房忙活着给我炖冬瓜排骨汤。实在来不及等汤好了，我们急急忙忙去医院挂号、看医生、拿药。八九点钟的急诊室人很多，人声嘈杂、拥挤不堪，等我输上液时，夜幕已经降临。没有位子坐，他就在旁边一会儿站着一会儿蹲着地陪我。我让他到外面餐馆吃东西，也好顺便休息一下，他就是不肯。一直到午夜，等到我输完最后一滴药。

我心疼地看着他，恍惚回到了我们最初相识的时候。第一次见到他时，他穿着白色T恤、海蓝色针织衫，头发、胡子都被精心修整过，好干净、好温柔的男生！

那时我们还在读大学。虽然不是一个专业，但是我在学习上遇到难题、茶饭不思的时候，他总会想办法帮我。我们在自习室度过了好多个夜晚，就像《恶作剧之吻》里的直树和湘琴，心跳落在书上、习题间。会讲题的男孩子最帅了！回想起来，我跟他在一起之后，曾有过好几次智齿发炎，第一回赶上期末考试，那时我一边发高烧，一边紧张地备考。从那次开始，他就一直陪在我身边了，不离不弃。

有一年，他过生日。我天真无邪地说：“我给你送蛋糕过去呀！”他坏坏地笑：“你是蛋糕吗？”从那以后，我就得到了“小蛋糕”这个令人害羞的昵称。

平时，他只有周末才能回家。每一次见面都像是一次浪漫的仪式。今年的儿童节，我回家比往常晚了一点儿。到家之后发现家里竟然有人，　团乱的屋了也被收拾好了。而且，餐桌上有很多好吃的！见到我时，他一脸的宠溺，转身又从冰箱里拿出来剥好的荔枝、波罗蜜，还有杨梅、葡萄……满满一大碗，快要溢出来的甜。那天当然也是他做的饭。只要他在家，都是他做饭，并且做得特别好吃，我觉得自己越来越离不开他了。

我想象不出来还有比他更好的男朋友。在我眼里，他温柔、体贴，调皮、有趣，就像一本超级好看的书，永远不会看腻。他在我的生命中扮演了一切角色，他是我的好朋友、闺蜜、长辈和最佳伴侣。只要闭上眼睛，我的脑海里全是他满眼温柔望向我的每个瞬间。

03

我是独生女，却远嫁到了离家一千多公里外的地方。一想到这点，我就对父母有种隐隐的内疚。但爸爸妈妈总是对我说："你虽然越跑离我们越远，可是你能幸福是最重要的事情。"我和他从一开始几乎就是异地状态，面对现实的重重障碍，其间我们也有过想要放弃的时候，可是我们都不愿意和不爱的人将就生活。最后我选择来到北京，选择和他在一起。

做他的妻子，是我这辈子做过的最勇敢的决定，也是最幸福的事。

他向我求婚的那晚，我们一起去吃日料。我开心地给朋友们发消息，谁知道她们比我还激动，也在电话那头哭。给朋友们"发完糖"，我转头问他："老公，我想给我妈打个电话，我今天打还是明天再打啊？"他一脸狡诈："你现在打吧。"

我拨通电话。

“妈妈，你们在干吗呢？”
“我刚关了电视，你爸刚回家。”
“Golden 也是刚回家不久。”

我以为他们会很惊喜地问我他怎么回来了，谁知道妈妈居然很淡定：“我早就知道他今天回家了。”
“你们怎么比我知道得还早？！那你要不要看看我的戒指？”我像一个小傻瓜，笑得特别开心。
妈妈在电话那头笑出了声：“我们早看到照片啦！”
哇，全世界怎么都这么甜！一定是我们的爱，甜坏了我的牙齿！

I Do 说

异地恋成功最大的阻碍，不在山海之远，而在于自己的内心。缺了即时满足的关怀，总需要用自己的强大填充；缺了真实可触摸的温暖，只能用短暂的相聚时间来弥补。每个处在异地恋情中的人，都要用远胜于平常的毅力和坚持，与时间对抗、与距离对抗。

这是最朴素的秘籍，也是最难做到的，但凡能咬牙坚持，没有什么阻碍不可战胜，没有什么爱情不能成功。

坚持，坚持，再坚持。

秘籍 3：坚持就是胜利

主人公

周洋／学生，王涛／机械制图员

相识 12 年，江苏南京

恋爱 11 年，异地 9 年，现在我是他的妻子。

这是我和我的初恋、我的前任、我的现任、我的老公，关于“距离”的故事。

01

我躲在门后面，试图偷听王先生和我爸的对话。这是王先生第一次来我家见父母。我爸说要单独和他说两句，就把他叫进了书房。

我爸发现我和王先生在一起的时候，我们已经偷偷交往了三年。我爸总觉得我年纪还小，尤其得知我们身处异地，更是摇头叹气地认为我在胡闹。想到他笨拙又恭敬地跟在我爸身后，我有点儿担心。耳朵几乎贴在门上了，却什么也听不清。突然，门打开，王先生走出来了，神情忐忑地非要我送他。我还没有搞清楚状况，先和我爸打了声招呼，然后就和王先生出门了。“我爸为难你了吗？你们都聊了些什么呀？”还不等他回答，我又接着说：“你不用担心啊，我早都跟我爸说了，我心里认定你了。”

王先生突然以一种前所未有的郑重神情对我说：“我们去商场吧。”然后一言不发拉着蒙了的我到了商场，走进钻戒专区，看着我说，挑一个你喜欢的。我这才回过神来，在 I Do 的柜台前，他温柔地陪我挑选，耐心地给我试戴。我知道他向来不善言辞，但还是逗他说，这算是求婚吗？他愣了一下，突然笑了：“以后都听你的好吗？”

果真，这就是我熟悉的王先生。我曾经想象过很多次浪漫的求婚，哪怕只是简单地怀抱鲜花，单膝跪地。但我知道，踏实木讷的王先生肯定不会做出什么惊人的举动。这已经是我能想到的属于我们最接地气、最实在的求婚了。一个人没有用你想象的方式来表达爱，并不代表他不爱你。我发现，爱一个人，也会习惯他表达爱的方式。

“你放心吧，我都跟咱爸说好了。”王先生突然改口，让我喜出望外，“我自己在家写了草稿，偷偷练习了好多遍，你都不知道呢。”这算是这个从来不会浪漫的男人为我制造的第一个惊喜。

02

“我怎么不浪漫了，我对你可是一见钟情呢。”王先生总会这样很认真地强调。那都是初中时候的事情了，谁知道他说的是不是真的。

那个留着寸头、穿着宽大校服的男生总站在班级门口看着我，可当我看向他的时候，他又若无其事地移开了目光。他的话真的很少，回答女生的问题永远不会超过 5 个字。经过了三年同窗，我们还是熟悉的陌生人，直到高中我们又成了同班同学。

“大家好，我叫王涛。”开学第一天，大家轮流做自我介绍，我闻声转头，看到了这个熟悉的身影。他憨憨地朝我摆摆手，笑起来，只留下两条眯眯眼。

高中学业忙碌起来，因为低血糖的关系，我总是随身带着一两块糖果，课间补充一下能量。坐在我身后的王先生好像发现了，每天早上我的桌膛里都会被偷偷塞满各种糖果。

“一定有人暗恋你。”同桌非常肯定地说，“红色的牛奶草莓口味代表爱情，奶橙色的哈密瓜口味代表柔情，紫色葡萄口味是温柔，纯白的牛奶口味是可爱，绿色的青苹果口味就是——初恋。”同桌分析得头头是道。我在心里猜测着，时不时地转头看他。他看到我，慌忙低下头假装找东西。我嘴上回着“才没有呢”，但心里却莫名甜滋滋的。

慢慢地，王先生不再躲藏了，不知道从什么时候开始，给我买糖吗，成了我们共同的习惯。晚自习的时候，他会拿棒棒糖戳一下我的后背，我头都不用回，就反手伸到后面去取。那两年，我的糖果从来没有中断过，但王先生还是那么腼腆和别扭，就连给我打电话都要找一些莫名其妙的借口：不是因为弄坏了我的文具赔礼道歉，就是询问老师留了什么作业。想到他绞尽脑汁想借口的样子和打电话时的神情，我就莫名想笑。

一天晚自习，大家陆陆续续地走了，教室里只剩下我们俩。他照例用棒棒糖戳了一下我的后背，我习惯性地反手伸到后面。等了几秒，还没有动静，我动了动手指。突然，一双温柔而有力的大手盖了上来，我紧张到一动不动，心跳突然加速，好像同时吃了100包跳跳糖。王先生用手指轻轻在我掌心里写了两个字——“加油”。这句“加油”，盖过了整个高三的兵荒马乱。

03

高中之后，我们就开始了异地模式。

情人节变成了我的一道坎。连续 4 年的情人节我都是在孤独的状态中度过的。没有礼物，没有鲜花，但王先生把爱都装在了电话里。天冷了，提醒我多穿衣服；起床了，叮嘱我千万要吃早饭；下雨了，嘱咐我一定要带把伞；每天晚上都会和我说晚安，提醒我不要熬夜，早点儿休息。

平时，我们都靠着手机和电脑“续命”，每晚都会视频。有时候说说笑笑，一定要让彼此知道身边正在发生的事情。哪怕再小的琐事，王先生都会和我分享，就好像我在他身边和他一起经历着。所以，哪怕是异地，他的舍友我都非常了解。有时候一起“云自习”，互相批改作业。我上台演讲前也会先向王先生反复说几遍，写了报告也发给他看。有时候学业繁忙，开着视频并不多说话，我抬头看见他在屏幕的那一端坐着不说话，就很美好、心安。

逛超市、轧马路这些情侣之间最日常的活动成了我们最向往的事情。每月见一次面，王先生来我的城市，或者我们一起去南京周边旅行。在西塘酒吧，我第一次喝酒；在绍兴我们看过一场《游园惊梦》；在乌镇的烟雨蒙蒙中，我们同撑一把伞；我们共赏扬州的烟花三月，杭州断桥残雪；我们在苏州园林的假山里捉迷藏，在上海南京路来回走过 9 趟……

我们珍惜每一秒的相聚，在时光的浇灌下，感情蔓延滋长。

大学毕业后，他开始工作，我继续读书。我们仍然相隔两地，但彼此信任、理解，早已探索出属于我们的相处方式。异地恋就是和时间赛跑——大学 4 年，研究生 3 年，工作两年。

其实，高三刚和王先生在一起的时候我妈就知道了，为了不影响我高考，她并没有告诉我爸，只是私下跟我说：慢慢看吧，以后要找适合过日子、没有花花肠子的好男人。我想，让人备感安心、踏实的王先生，就是我妈说的那种好男人吧！

9 年的异地恋就这样走过来了，走到了第 10 年，走向了婚姻的殿堂。我是幸运的，我拥有一个和我一起坚持的人，拥有一颗和我一样执着的心，还拥有一份强烈到可以挑战距离的爱。我和王先生一起战胜了时间。

你说辛苦吗？

只要我们相爱，每一天都是甜的。

I Do 说

一段好的爱情，即使经历了一次又一次的心酸、心碎，也绝不会失去爱下去的动力和对未来的信心，就算是异地恋，也不会因为相隔两地而有丝毫例外。爱情没有任何标准，当遇到爱的人，距离再远也舍不得放开 ta 的手，矛盾再大也会给 ta 机会解决。

秘籍 4：勇敢终结距离

主人公

翟先生／赵小姐，国企职员

相识 7 年，河北邢台

“老娘娘啊，老娘娘，你告诉我，我怎么才能跟她在一起呢？”

我装出深沉、慈祥的嗓音：“小伙子啊，我告诉你，爱她，就跟她结婚吧。”

01

毕业第一年，我们分隔两地。手机软件里那个代表着对方定位的小箭头，移过来、移过去，随时显示着对方的行踪，也牵动着彼此的情绪。

凌晨两点，我结束加班后，疲惫不堪地回到独居的出租屋，掏出钥匙，开门进家，反手锁上房门。屋里一片漆黑，我踢掉高跟鞋，摸索着打开灯。忽然，手机“叮”地响了，他的微信在屏幕上显示：“到家了啊，那我就放心了。”

瞬间，我的眼泪就掉下来了。虽然回到父母所在的小城，但由于经常加班，我在单位附近租了房子独自居住。

空荡荡的房间里我觉得自己形单影只，实际上却有他在远方默默关心着我，如同手里紧紧攥着风筝的那根线。

02

我和翟先生大学 4 年是同班同学。我是院辩论队的辩手，课余时间忙于辩题论点，慷慨激昂、舌战群儒；他是校国旗护卫队的旗手，准点定时昂首正步，披星戴月、早出晚归。我们在各自钟爱的空间里独自前行，像两条毫无交集的平行线。

只怪那天淘气的阳光，而翟先生穿了一件我爱的白衬衫。我们都在阶梯教室自习，他坐在我右手边靠窗的位置，中间隔着过道，除了刚进门时象征性地打了个招呼，再无其他。自习室里安静得只听得到笔声沙沙，午后的阳光缓缓移动，射进窗棂，有一缕正好刺到我的眼，我微微皱起眉头。这一刻，翟先生好像觉察到了，他没说什么，只是默默坐直身体，替我挡住了阳光。

逆光的他，剪影帅气，我眯起眼睛，第一次认真打量这位大学 4 年都没怎么说过话的同班同学。身穿白衬衫的他，有着好看的侧脸弧线，国旗护卫队的训练，更让他比其他男生多了几分英气。就在他为我挡住阳光那一刻，似乎有种奇妙的默契，在我们中间蔓延开来……

那是大四最忙碌的阶段，大家考研、找工作，或忙于毕业设计……翟先生却在这个节骨眼儿上向我表白了。

他暗恋了我将近 4 年，我是他的初恋。

考虑到各种现实问题，我并没有立即答应他。但他的那句话却一直在我耳边萦绕：

“再不表白，就要错过了。”

03

一起度过最美好的 5 个月之后，毕业季来临，现实问题不可避免地摆在我们面前。他被老师推荐到大连的一家央企，而我则考上了老家的事业单位。要放弃吗？要就此分道扬镳吗？这段不被父母看好的恋情，还能继续吗？

我们约好每月见一次面，为了不让他奔波往返太久，地点选在我们中间的城市——天津。每次见面，我们都有一个固定的节目，就是去妈祖庙拜妈祖。翟先生每一次跪拜，都是深深地俯下身去，久久地屏气凝神，表情单纯又执着。

香烟袅袅的妈祖庙前，翟先生看着我，若有所思的样子。不久之后，他发来一个网页链接，竟然是我单位的招聘公告。“我决定了，明年我要考到你们单位，和你做同事。”

什么？！翟先生，你确定不是在搞笑吗？

“咻——”又来了一条微信。抱着的一大摞厚重的复习资料他比着“V”的手势自拍。他说：“从今天起，我就要开始复习了。”我这才确定，言出必行的他，真的不是在搞笑。

04

整整一年的时间，翟先生拒绝参加各种社交娱乐活动，一到休息时间，就钻进图书馆拼命复习。

一年后，翟先生以优秀的笔试成绩冲出重围，进入面试。他来到我的城市，我陪他去参加面试。眼前的他，西装革履，皮鞋一尘不染，谦逊干练又充满自信。尽管面试还没有开始，我已经坚信，他一定可以通过。

不久之后，翟先生提着公文包来我所在的单位报到了。和他一同走进电梯，却在不同的楼层走出电梯，分开前我们相视一笑。同事们只当我们也许相识，却不知道这一笑背后，我们经历的风风雨雨。

婚礼自然而然地被提上了议程，买车买房也都很快就拍板了。我们去婚纱摄影店最后一次选片的那天下午，翟先生和我说他要单独和朋友约饭，刚好我的闺蜜月月也从外地回来约我晚上看电影，所以我们便分头行动了。

整个下午，月月拉着我又是逛街买新衣服，又是一起去美容、美甲，还怂恿我换上新衣服再去看电影。作为我最好的闺蜜，我想都没想就由着她安排。电影散场，我们坐上车准备回去，月月突然说："我从外地带了礼物回来，在后备厢，你去瞧一下。"

我说："好累啊，不想动。"

月月哄着我下车打开后备厢门，"MARRY ❤ ME"（嫁给我）的大字赫然映入眼帘，整个后备厢被点点灯光包围，玫瑰、美酒、气球、戒指闪耀，还有我们两个姓氏的双"Z"灯牌……我这时才后知后觉，原来这是一场精心策划的求婚！月月是翟先生特意从外地请来的外援！我根本不知道他们是什么时候计划，什么时候准备的。觉得自己傻傻的，又好感动。

翟先生不知道什么时候换上了白衬衣，他说，虽然我们已经决定要结婚，但他想给我一场难忘的求婚。然后单膝下跪，打开戒指盒，对我说："我知道你内心还是一个渴望浪漫的小女孩，当年没有好好表白是我一个小小的遗憾。而现在，我想给你所有爱情中最好的。"

还能说什么呢。此时此刻，我觉得自己是世界上最幸福的人。谢谢你，翟先生，让我拥有爱与被爱的能力，让我相信真爱的存在并对未来充满期待。

一周后，我们去民政局领证了。

嫁给翟先生，嫁给爱情，是我这辈子最重要的决定。

身在异地的恋爱体验

The Experience of Being in a Long-distance Relationship

是的，他们都赌赢了。

从异地恋到结婚的路，他们走得或长或短，

不同的孤单心酸，一样的坚定勇敢。

如果你也和 TA 身处异地，

不妨看看这些身在异地的恋爱体验，

愿你也能跑赢时间，战胜距离。

我和他异地 4 年，写了 120 封信。没错，就是在这个资讯无比发达的时代。
每个周日最后的清醒，我都贡献给了写信，邮件发出后，进入梦乡；每周一，都是在各种会议和反复读信中度过。

我喜欢写这一周中内心有哪些触动，自己获得了哪些成长；他常常写的是科研上正在啃的一道什么样的难题，最近取得了什么样的小进展等等。
每三个月，他都有一周的探亲假。他是一个国家重点项目的科研工作者。
信这种方式，天然地过滤掉日常生活的柴米油盐，而聚焦在彼此的兴趣爱好和成长上。因为这 120 封信，我们成为彼此生命里不可或缺的灵魂伴侣。

1 @小野

2 @ 罗小小

嗯，异地恋，最重要的是，不能怕花钱。
我和男朋友异地两年，他在国外读硕士，我在国内工作。我那两年赚的钱，几乎都贡献给了航空公司。
好处是，每次相见，都非常专注在二人世界里。如果说一直在一起的情侣，感情浓度是 5 的话，那么异地恋情侣每次在一起，浓度都要飙升到 10。每次相见前的那一两周，我和他都把工作和学习任务赶着完成，然后在一起的时光就像度假了。多好啊！

我在北京创业，目前已经带领公司拿到了 B 轮融资。我女儿 6 岁，我太太带着她在大连生活。我们异地 3 年了。很多朋友说我们是高危家庭，要么我出个轨什么的，要么夫妻感情逐渐变淡，还说我错过了孩子最重要的成长期。
他们不知道的是，女儿 3 岁之前，我赋闲在家全职带她，女儿 4 岁上幼儿园，我和太太换一换，我出来创业，太太回家带女儿，成为半职工作者。

我是做移动医疗的，我太太是做教育的，我们经常彼此开玩笑说，一个是身体工程师，一个是灵魂工程师。我们都极度热爱自己的事业，不只是为了自己，里面还包含着一种推动社会微小进步的理想。在灵魂层面的深刻认同和互相扶持，将我们紧紧地连在一起。每个周末，我飞回大连，拿出一天的时间与家人在一起度过。

3 @赵洋

4 @ 萌兔子

大学毕业后，我考研考到他的城市，他却为响应国家“一带一路”被公司外派到非洲了。为期 3 年，每 3 个月休假一周。
如果他从非洲飞回上海，来回 4 天就没了。
为了争取在一起的时间多一点儿，我俩的约会地点变成了：南非、法国、迪拜、多哈和阿布扎比，都是中转航班的国家。
当然，他的薪水全都花在约会上了，一分没攒下。权当一年几次出国度假了。

我不喜欢异地恋，但谁叫我太喜欢她呢。每个月漂洋过海去看她，一起待两天。

每天在微信里道早安、晚安；每天见到好玩的东西，都会拍照发她；每次看到一个笑话段子，都立马发给她；每次看到某段深受触动的话，都拍照发她；要出差了，行程紧凑，也会提前说好：接下来一周会很忙，联系会少，不要多心啊。

异地恋，最重要的是用心倾听，用心交流，频繁地参与到对方的生活里去。虽然不能天天相见，但也延展了各自的生活。

忘了说，我们异地第6年了。

5 @布鲁斯南

6 @ 夕佳

大学相距几千公里，毕业了相距几百公里，如今相距几十公里，我们虽然异地，但至少不停在靠近。

异地恋的死穴是猜忌，所以我们在刚开始异地恋时就约法三章，这可帮了我们大忙：

1. 绝不能背叛，一次也不行。

2. 和异性的交往尺度，各自列出所有的“不能接受”，让对方清楚各自的底线。

3. 绝不在短信或微信里用“嗯”“哦”“正在忙”这样容易引起怀疑情绪的回复。

异地8年后，刚过去的国庆假期，我们结婚了。

我在上海读研，他在北京工作。异地第三年。

有一次，周六上午，我在宿舍睡懒觉，听到有人敲门，我迷迷糊糊地以为是快递，开门一看，原来是他，手上提着10斤的小米。

呃，我惊呆了！想到自己蓬头垢面，一点儿没准备好，少不了抱怨他不打招呼，搞惊吓。

他则忙活着用宿舍的小电锅煮小米粥，给我做早餐。

其实我心里甜滋滋的。

异地恋，一定要会制造惊喜！

7 @ Sunny

8 @ 大鹏

我们属于异地婚。结婚一年后，我开的餐厅拓展分店，我们就分开在两个城市，至今有一年多。

我不怎么会说肉麻的话，也不太能猜到女人的情绪，就一条：一门心思地对她好，尤其在吃方面。

每天下班前，我都给她点好外卖，等她一到家，就可以吃了。早餐的食谱，每周我都会专门设计，也买了一堆智能小家电快递到家里，1分钟就能好的华夫饼，拌在粥里的奇亚籽、椰枣泥，杂粮豆浆的配比，细细列成食谱发给她。

早餐吃好了，身体就不会差。即使异地，只要有心，也有很多地方可以对她好。

大学 4 年异地恋是在每晚的视频电话通话中度过的。
毕业时，同学问我，坚持异地恋的秘诀是什么？

我说，真爱是不需要坚持的，遇到那个对的人自然就过来了。
如今，我在广州读研，他在南宁工作，
虽然还是异地，但我们知道未来是可以看得到的。

他说要努力工作，攒钱给我买钻戒。
其实我还是和 5 年前的那个我一样，
在意的只是他，而不是他能给我什么。

9 @ 石榴籽籽

10 @ 田子

去泰国做交换生一年。
我从小学到大学都是在家门口上的，从没离家这么久过。

那时还在和我谈恋爱的同班同学的他，怕我爸妈孤单失落，自作主张跑到我家，站在门口和我妈说：“阿姨，我是田子的男朋友。”

我妈从不知道我有男朋友，都傻眼了，尴尬地留他吃饭，他独自面对一家子人的盘问，坦然以对。

后来，那一年，他就成了我家的常客。
这一切，都是后来听我妈说的。
上个月，我们结了婚。

我和他一起申请美国的学校读研，他申请上了，我没申请上。
我自小父母离婚，骨子里不太相信爱情什么的，何况是异地恋。
他去美国后一个月，我就狠下心来和他说分手，理由是我有了新男友。

我开始工作，在一家律所，一天天过得波澜不惊，以为自己已经忘了他。看吧，感情没什么的。

一年后，某天我下楼，看见他站我家楼下，劈头盖脸地来了一句，“没有你，国外也不怎么好。我得跟你男朋友谈谈。”说着就自己上楼了。

我没出息的眼泪哗哗地掉，跟在他后面上楼。
4 层楼，短短的一段路，那种心酸的感觉，我能记一辈子。
到了家门口，他回头一把搂住我，说“咱俩还是得在一起”。
现在我已经管他妈叫妈了。

11 @心怡

第四篇

PART 4

平淡日子，会让爱情也变淡吗？

年轻人的爱情也开始面临“七年之痒”这样的课题了。

他们中的大多数人开始捧起了保温杯，朋友聚会的啤酒也要泡几粒枸杞，蹦迪是不可能再去了，感情生活主要是躺在一起研究什么生发产品效果好。

平淡、太平淡了，生活缺少新鲜感。

很多人开始怀疑：“我真的能和身边这个人一起‘秃’头到老吗？”

当 ta 不再说爱你，却做尽所有爱你的事；当你不再美丽，ta 却依然爱你如初。

生活平淡，爱情就必须寡淡吗？

这些故事想跟你分享——

关于如何反复爱上一个人，以及平凡岁月里的爱情能有多好。

I Do 说

无论爱情还是婚姻，身处其中的两个人的最好的状态，当如三毛写的："在我有生之年，做一个真诚的人，不放弃对生活的热爱和执着，在有限的时空里过无限广大的日子。"

太多人因为身外之物迟迟不能下定爱的决心，但也有人一起在充满爱的生活里穷开心，人对物质的渴望程度见仁见智，我们或许真的缺钱，却一定不能缺少爱。

如果现在没有钱，就一起穷开心吧

主人公

茬太太 & 茬先生，建筑设计师

相识 7 年，浙江杭州

我是茬太太，我老公是茬先生，对，就是找茬儿的“茬”。但是生活上，我们从来不找茬儿。

01

每天早上，我们必须一起吃早餐。

6 点 45 分，我准时起床，放音乐、开窗，在晨光中浇花，然后便一头钻进厨房为茬先生准备早餐。20 分钟左右，我可以端出葱油拌面，或者抹茶松饼、红豆包、南瓜汤……偶尔茬先生馋什么了，随口提一句，我也会想办法将它变上桌。

朋友们说，我是那种一个人就能把生活过得有声有色的人，结不结婚影响不大。殊不知，茬先生每次在餐桌前坐下，喜滋滋地拍下美照，这也是我贪恋的幸福瞬间。一个人自得其乐固然很好，但若有缘遇到欣赏的人，如同锦上添花。无论我做出什么，茬先生都会啧啧称赞，很配合地大口吃掉，这对于我来说真是莫大的鼓励。

他时常掐着点儿抓拍我吃饭的样子，自己一通摆弄，日子长了，我就见怪不怪了，配合地做出托腮，歪头，馋嘴，喝汤及各种鬼脸。电脑里存了许多张照片，偶尔回头翻翻，看到自己的表情轻松舒展，眉眼俱笑。上千个平凡的清晨，烙成了心底的良辰。

02

网友们都叫我“茬太太”。

这名字的来源是，有段时间我总玩“大家来找茬”那个游戏，顺手把微博名改成“没事儿找找茬儿呀”。转眼，发现茬先生跟着把自己的微博名改成了“我就是茬呀”。将近 30 的人了，还这么幼稚，果真，跟我是一路人，哈哈！

我和茬先生大学时恋爱，毕业后一年结婚，一点点筑起了自己的小窝。我俩在不同的公司做建筑设计，虽说是朝九晚六，却几乎没有正点下过班，通常到家都已经是晚上九十点了，洗洗涮涮后，继续改图纸到凌晨。休息时间经常对不上，假期也凑不到一起，一周在一起都吃不了两三顿饭。于是从结婚那天起，我们就约好了“一起吃早餐”。我们想尽可能地好好珍惜每天在一起的时光。

我原本就喜欢收拾家、做饭，喜欢清晨的阳光和认真生活的每一天。每天早起做早餐是我最开心、最期待的时候，没有半分勉强。

也只有在清晨，我们才有机会一起坐下来，好好吃顿饭。拍照，聊天，嬉闹一会儿，我们渐渐体会到：爱，就是在一起吃好多好多顿饭。晨光洒下，不疾不徐，没有丝毫的起床气，也没有半分赶着去上班的焦躁。

爱情如果不落到一饭一蔬这些实实在在的生活中，是不会长久的。这是我们的日常，也是我们的梦想。

03

我们的家，在杭州一个旧式小区里，自己设计改建了一套小两居的二手房，没有电梯，老楼处处显得斑驳陈旧，却胜在环境幽静，离上班的地方近。

坐在客厅吃早餐的时候，墙上映着光影下的绿植的剪影和点点晨光。

透过窗户能看到颜色深厚，似要滴下墨绿色汁液的绿树，推开窗户还能听到鸟叫，时不时飘来楼下老人们的说话声，街头小贩的叫卖声，甚至还能闻得到刚出炉的包子香。

无论窗外是晴是雨，树木的绿色是浓是淡，我竟也能在刹那间体会到永久，清晨成为我们一天中发光的时刻。我们一日日拍下的照片，凝结成了一段“茌先生变胖记”和一部“茌食堂纪录片”。想着过了几年，或者几十年，当我们很老很老的时候，再来看现在记录的生活，应该会觉得有此一生，了无遗憾。

我妈以前常说：看日子过得怎么样，只要看看这一家的厨房就知道了。厨房里冷冷清清，生活也冷冷清清，厨房进进出出，日子也就热气腾腾了。平底锅“滋滋”冒油，烤箱“叮”一声的性感，电饭锅“咕噜咕噜”，把朗姆酒浸泡了一年半的无花果干揉到面团里，把散麦片放进烤箱重新烘焙，爱心煎蛋的香气，烤面包的香气，八宝粥的香气，还有，日子温柔待我的香气……

生活中的细节处处藏着小精灵。用心感受生活的人，更容易拥有爱的能力。

两个人过日子，摩擦是常有的事。记得有一个夏日，我已经忘了因为什么事怄气，我们陷在冷战中互不理睬。

我下班回家，打开冰箱拿西瓜吃。那半个西瓜，周围一圈都被挖去吃掉了，唯独剩下中间最好吃的半球在。想到我和他说过，小时候我习惯把好东西的第一口给妈妈吃，之后，荏先生就总是把最好吃的部分留给我吃。我心里的气瞬间就烟消云散了，决定等他下班回来就跟他和好。事后我提起西瓜的事，他说吵架那天想把中间那块给我吃，可他又很生气，于是就把那块留下来放在冰箱里，等吵完再给我吃。

03

生活中多得是这样的时刻，我们要学会累积爱的能量。

因为工作太忙碌，我们很少远游。有时间我们一起去菜市场讨价还价，一起打扫房间，重新布置沙发的朝向，一起窝在沙发边的地毯上看建筑图册，一起伺候猫主子，一起给阳台边落地的绿植浇浇水……简单朴素的生活即是诗一般浪漫的日子。

很多人，年轻的时候，心里有火苗，一直想当英雄，想去流浪。可后来啊，只想做一个普通人，一屋两人三餐四季，如此厮守，不再逃离。春夏秋冬，荏先生陪着我重复看《小森林》；叮嘱我睡前泡脚，预防感冒；每次出门都是我在前面跑跑跑，他在后面拍拍拍。

荏先生从不觉得自己是个浪漫的人，我却能感受到他有着同我一样的对生活的热情。对于我时常冒出来的鬼马想法，荏先生总是以实际行动表示支持。我常和荏先生念叨自己开小店的梦想，说“等我们老了，我就去楼下摊饼卖早餐，你就在旁边榨豆浆和果汁”。荏先生说，喜欢什么就马上尝试，不要把想过的生活放到未来。

在荏先生的支持下，我们做了“下午荏”甜点，在网上售卖。周五晚上加周六白天最多能做 6 份：红茶意式脆饼，抹茶杧果卷，布朗尼，蛋黄酥……其实也赚不了什么钱，权当做着好玩。荏先生却认真地帮我，找好光线给食物拍照，陪我细细地打包。看着自己的心意被传递出去，心里尝到了为梦想而努力的滋味，满足不已。后来荏先生又陪着我自学拍早餐视频，在网上花 70 元下载软件，自己学剪辑，有时候家里的小猫萌萌也探头出镜。

没有钱，但不妨碍穷开心呢。

我们一家人挤在小小的老屋里，过得灿烂耀眼。

荏先生说，这就够了，他并不在意“下午荏”的生意，他只在乎我是否开心，笑容是否灿烂。

“囿于昼夜、厨房与爱”，这就是我心中爱情最好的样子。

不疾不徐，不把当下的生活当作一种手段，不把它们当作通向未来的工具。生活的目的，就是生活。婚姻的存在，就是为了爱。

I Do 说

喜欢的人好像一面镜子，让我们看到了自己的好与坏，也让我们更介意自己的不完美。其实大家只是想找到合适的另一半而不是一个完美的假人，爱情面前，我们无须权衡利弊去做完美的假装，好的爱情让你“可以勇敢做自己”，而 ta 又刚好爱上了“你原本的模样”。如果爱你，你的优点是一轮明月，你的缺点也是点点星辰，有了你，才拥有人生最美的夜，这才是爱情里最大的幸运啊！

超平凡少女的小幸运

主人公

弱小男／医生，凯／医生

相恋 8 年，河南开封

说我平凡我并不否认，但是我却不是一个没有故事的女生！因为，我像《我的少女时代》里的林真心一样，找到了属于自己的小幸运！

01

离开前男友和凯在一起，是我做过最勇敢、也最正确的一件事。

大一刚开学，中秋节班级聚会，我们同在一张桌子上吃饭。一杯啤酒下肚，他的脸就瞬间通红。我第一次看到喝酒脸红成这样的人，不由自主地多打量了他几眼。一张涨得通红的脸，丝毫没有掩盖他的帅气。迷人的眼睛，高高的鼻梁，笑起来嘴角的弧度恰到好处，还有两个深深的酒窝。

后来班里有个同学喝多了，他和班长一起把那个同学送回宿舍。那会儿下着淅淅沥沥的小雨，他们仨也没有打伞。我打着伞站在细雨中，默默地望着他们被路灯拉长的背影。

其实那时，我是有男朋友的，但我们身处异地，节日气氛放大了我的孤独感，我情不自禁地掏出手机给男朋友打电话求安慰。电话那头，他的语气却很不耐烦。我怯生生地说，我在参加班级聚会。他竟然批评我："一个女孩子，不好好学习，在外面疯什么！"

我沮丧地走回宿舍，鞋子被雨沾湿了，心情也和雨天一样湿漉漉的。男朋友固执冷漠、控制欲强，在他面前，我永远都是唯唯诺诺、战战兢兢，不敢诉说内心的委屈。当我提着行李箱在校园里奔波时，当我爬上爬下贴墙纸、换床围时，当我灰头土脸换插线板时，我从不知道他在哪里，他甚至没说过一句关心的话。

大概还是因为我不够靓吧……

我们走在一起的时候，他总是有意无意地说，街上哪个哪个小姐姐的身材好好，长得好漂亮，还常常嫌弃我皮肤黑、眼睛小，身材也不好。和不懂得欣赏我的人在一起，我只会越来越自卑吧。意识到了这一点，我提出了分手。

02

我想，越是资质平庸的男生越希望自己的女朋友高挑漂亮，把女朋友变成炫耀的资本去为自己挣足"男人的面子"吧！倒是那些长得帅又有内涵的男生，会更看重对方心灵之美——比如凯。

那次聚会后，我常常跟他聊天，我们两个人好像总有聊不完的话，不管聊什么都很开心。他尊重我、欣赏我，说我可以让他毫无顾忌地敞开心扉，说我是他见过最可爱的人。后来，我们就自然而然地在一起了。

我觉得好像做梦一样啊，迫不及待地发了朋友圈："上帝终于眷顾我了，开心啊！幸福啊！"凯在下面留言："就是喜欢看你笑得肆无忌惮，就是喜欢看你香香地吃饭，喜欢你在我身边。"这么直接的公开表白，真让人不好意思，可我真的好开心。

第一次约会，他带我去了龙门石窟。说实话我挺紧张的，那是我第一次和男生外出旅游。我不太自信，一面对镜头就更不自在了，笑起来扭扭捏捏的。

"你拍风景就好了。"我试图躲避相机。

"你就是最美的风景，我就喜欢拍你。"

手拿相机的他却耐心温柔，不停地在我面前拍拍拍，一会儿让我挺直腰，一会儿让我稍稍歪着头，还大呼"真好看"。他背着我的包，蹲在地上，整个人都快趴到地上去了。

旁边的大婶貌似都被他的"姿势"打动，主动过来打招呼："小伙子，要不要我帮你们拍一个合影？"拍合影的时候，我也害羞地不知道该把手放哪，他大方地搂着我的肩，说："谢谢阿姨，给我和我媳妇拍一张吧。"

回看照片，我惊喜地发现，他抓拍我的照片，真的很好看。都说幸福恋爱中的人都会变美，这句话果然是真理。"你的每一个模样，我都喜欢。"他的头枕在我的大腿上，我轻轻揉按着他的太阳穴，阳光洒下来暖暖的，他就这样毫无防备地睡着了。我听见他均匀的呼吸，偶尔打一两声呼噜。那一刻，我觉得我赢得了全世界。

04

我爱你，不是因为你是谁，而是在你面前我是谁。在彼此面前，我们从来不需要掩饰，简单又真实。

如今，面对镜头的我越来越轻松自在，手机里全是和他的合影。照片里的我也留起了长发，摘掉了眼镜，化着淡妆，精致的锁骨链映衬着灿烂的笑容。闺蜜们都说，我们两个的笑容越来越像。

当她们夸赞哪个韩国欧巴（哥哥）多么帅气的时候，我总是一脸沉醉地告诉她们，凯就是我的本命爱豆（idol，偶像），在我眼里，他比哪个欧巴都帅。闺蜜们都笑我，说我情人眼里出西施，其实他就是个子高点儿，并没有很帅啊。是啊，可能在别人眼里他很普通，可在我眼里，他就是世界上最帅的男朋友，不接受反驳！

从前我一直觉得自己性格大大咧咧、慢热、生气的时候容易冲动，有时候傻乎乎的，是丑小鸭般平凡的女孩，默默无闻，没有优点。从来没有想到，会有帅哥爱上我！后来我想，大概是因为我足够勇敢、足够努力，才会得到上天的眷顾。在爱里，我也变成了更好的人。真正的爱，让我们都变得更强大，对人生更负责。

临近毕业，我决定为了他考研，考到他家所在的城市。考研的日子很苦，好在他总是用心为我制造甜蜜。为了逗生气的我开心，他把吃剩的西瓜皮当头盔戴，那样子实在太逗了；冬夜大雪，他用电火锅煮了泡面和丸子，装在保温杯里带到自习室，傻笑着看我吃，那是我吃过最美味的夜宵……有这样可爱又贴心的他，我有什么理由不努力？

有一次，我们因为什么事拌了几句嘴。可能因为考研压力大，加上作业比较多，我一天都没有理他。晚自习的时候，我以为他不会来了，没想到我还是看到了那个熟悉的身影，一直站在那里等我下课。

“我其实很生气的，但想起来今天是你生日，还是忍不住想给你买点儿什么。”他捧着生日蛋糕说。

因为学业繁忙，我都忘记那天是我生日了。其实不管他带不带礼物，看到他的那一刻，我就已经原谅他了。看着他那帅气的脸，我真的生不起气来。

我不争气地哭了，感动，惊喜。我们一起吹蜡烛，一起吃蛋糕。不顾我嘴角的奶油，凯轻轻吻上我。我闭上眼睛，想起刚才吹蜡烛时许的愿望：“我希望考研成功，希望我们一直相爱。”

“你许了什么愿望？”他问。
“说出来就不灵了吧。”
“肯定会成真的。”

那晚他像小女生一样喋喋不休地憧憬着未来的婚姻生活，希望我们毕业后就结婚，然后生个可爱的宝宝。

如今，我的第一个愿望已经成真。我考到了他家所在的城市。研二那年我们恋爱 6 周年纪念日当天，他手捧 I Do 戒指向我求婚了，我感动得落泪，我愿意和凯共度一生一世。

2018 年，我怀上了宝宝。至于当时的第二个生日愿望，我们将用一生去实现，在细水长流的日子里相伴一辈子。

I Do 说

在爱里，每一件平凡的小事都是两个人之间最重要的事。日积月累，细水长流便成了最浪漫的事。

爱是“你快乐，所以我快乐”；爱是视彼此为稀世珍宝；爱是一蔬一饭都为你殚精竭虑。爱是“我爱你，更懂得你”。

父母之间没爱情？当心被齁到

主人公

爸爸 1952 年生，妈妈 1952 年生

谭井义，黑龙江哈尔滨

很多人都说，父母之间的感情早已变成亲情，所谓的爱情早被时间消耗了。可真不见得，就像我爸，大半辈子走过来，依然对妈妈宠爱有加。

01

我家有个经典的段子，经常被拿出来打趣爸爸。

十几年前的某天，《哈尔滨日报》发表了一篇妈妈的文章。那个时候互联网还不发达，家家户户闲暇时还在看报，能在报纸上发表文章，这可是件天大的事儿！爸爸下班回家，屁股都没坐热，立刻就要去买报纸，可是找了几个街口的报亭，都说当天的日报卖完了。

妈妈说，没关系，过几天我们就会收到报社邮寄的样报，他却坚持要在第一时间看到夫人的大作。

终于，他找到一家报亭有，却发现出门太着急了忘记拿钱，要是回家取钱吧又怕报纸售罄，思来想去，他决定要用他的“大众小宝来”自行车换那天的报纸。

老板目瞪口呆，指着爸爸哈哈大笑，后来整条街的人都知道了爸爸这次“豪气冲天”的交易。我还记得爸爸买“小宝来”那天意气风发的骄傲样儿，他握着车钥匙的手汗津津的，没想到爱车在他心里的位置还不如一张报纸。

虽然有点儿傻，但每次想起这件事我都心里暖暖的，这就是他们的爱呀！他用自己的方式鼓励妈妈多写文章，肯定并支持着妈妈的爱好，像小粉丝一样期待妈妈的作品。每次妈妈发表了作品，爸爸都小心地裁剪下来细心收藏。

在婚姻生活中，物质上的关心与呵护，对很多人来说都不难做到。但精神世界的支持和维护，更能让人深刻体会到那种“做着梦都能笑出来的舒心”。

对，这是我妈的原话，她说和爸爸的婚姻让她在梦里都会笑醒。人的一生被爱的次数或许不会太少，但能够被他人懂得，往往是很难的。

爸妈自幼相识，青梅竹马、两小无猜，自然而然地就在一起了。后来爸爸去了外地，两人异地相恋，全靠书信来往、鸿雁传情。每一封信都很厚很长，现在还珍藏在家中的老木箱里。

信中没有直白的情和爱，都是絮絮叨叨的家长里短，变着法儿地互诉衷肠。爸爸说正是这段异地相恋的日子，催生了妈妈的“好文采”，他经常得意扬扬地炫耀，我们家的大作家可是他培养的。爸爸是举双手双脚支持妈妈的文学事业的。

02

妈妈曾经以为，在恋爱时，双方都会将各自的美好尽展无遗，一旦走进婚姻，人就会松懈露出本来的模样。于是，当风花雪月落实到生活的柴米油盐后，她开动自己的“小巧思”来为婚姻保鲜。他们签订了一份《家庭公约及补充协议》，这份协议具体到了谁来洗衣、做饭等细节问题。原来妈妈不只是文艺青年，还很前卫硬核啊。

其实，约定并不难，难的是为一个人坚守一生的约定。

某个寒冬的夜晚，妈妈早已睡得迷迷糊糊，听见爸爸从外面应酬回来，他一回到卧室里就蹑手蹑脚地找东西。妈妈心烦地翻身而起，没好气地问：“深更半夜折腾什么呢？”爸爸委屈至极，他说自己在找脏袜子啊，因为协议规定今天轮到他洗袜子。

妈妈说，那一刻，她睡意全无，心被莫名地打动了。原来，让人可以放心托付一生的，不是多么浪漫的事，而是对方坚守了洗袜子这么平凡的一份责任。

直到现在，这份《家庭公约及补充协议》还指导着他们的婚姻生活，只是大多数协议已经成了他们的日常习惯和默契，无须再一一对照执行。妈妈也真切地感受到，婚姻对于他们来说不是围城，而是幸福的堡垒，让她放心住在骑士的心里，做一辈子的公主。

03

爸烧得一手好菜，一个粗枝大叶的东北男人，绞尽脑汁考虑妈妈的口味，换着法子给她做好吃的。妈妈吃饭挑剔，他就把炒菜里的葱花都挑出来扔掉。每次他亲自做饭时，都会把葱花切成看不出样子的碎末，这样炒出来的菜既有了香气，又不用妈妈费心去挑。

俗话说“要留住一个人的心，就要留住一个人的胃”。但真正让妈妈魂牵梦绕的不仅是爸爸做菜的手艺，更是那融入一蔬一饭中的深情与暖意。

他们每年都出去旅游，妈妈负责计划路线，爸爸负责具体执行。美景当前，爸爸给妈妈拍照，妈妈乐此不疲地摆着姿势，爸爸还总爱偷拍妈妈各种呆萌的样子，两人都像长不大的孩子，他们以对方的快乐为快乐，真是天生一对。

在那些照片上，可以看出岁月在妈妈的脸上留下了痕迹，但如今的她眼里依然有光，笑起来像个孩子。爸爸内敛深沉，话虽不多但句句经典，他常年带着金丝边的方框眼镜，“霸道总裁”一样的外表之下，藏着一颗丰富且柔软的心。

他一直用自己的方式鼓励和赞扬妈妈，保护着妈妈的少女心。

04

我每次看到木心的那首诗“从前的日色变得慢 / 车，马，邮件都慢 / 一生只够爱一个人”时，都觉得是写他们的。

相伴四十多年的婚姻，他们的生活充满欢乐与喜悦，家里洋溢着真诚和睦的气氛。曾有人问，他们关系中遇到最大的困难是什么？怎么克服？爸爸的回答很有老干部作风：心中有爱，处处充满希望，无惧任何困难，幸福相携，快乐前行。但我相信这绝不是客套话，而是他们生活经历最真实的总结。

爸妈的爱是恰到好处的细水长流，娓娓道来。正如每一个午后，爸爸在客厅的小方桌边泡一壶铁观音，茶壶飘出袅袅芬馥，茶叶在水中沉沉浮浮。妈妈戴着眼镜，坐在离爸爸不远的躺椅上看报，偶尔有一搭没一搭地说着话，无须过多言语，却充满默契。背景音乐是常年接收信号的收音机播放着："浮云散，明月照人来，团圆美满今朝醉"，就像父母的日常，温和宜人。

如今，我也牵手挚爱步入了婚姻。

在婚礼上，爸妈对我说："选择了，就要坚定不移；认准了，就要矢志不渝。"父母的感情是我心中最美的幸福榜样，也给了我最好的爱情教育。我深知婚姻中包容与理解是最和谐的语言，因为家是讲爱的地方，不是讲理的地方。

再说了，我随我爸——老婆永远都是对的。

I Do 说

都说好的爱情养人，让人对生活充满爱意，眼里有阳光。很多男人不懂，女人要的爱不是轰轰烈烈和惊天动地，她们要的浪漫也不是奢侈和排场，其实她们的想法很单纯简单，就是让你把她们放在心尖儿。呵护她们的心情和想法，甚至比她们更了解自己，愿意花时间为她们制造浪漫。褪去了激情的加持，柴米油盐中的风花雪月才是爱情的重量。

隐形富豪：每年过 100 个纪念日

主人公

陈纯／老师，陈嘉／政府职员

相识 10 年，广东广州

我觉得自己嫁给了一个“隐形富豪”。这个富豪，不是有钱的那种，却让我觉得很富有。因为每个节日，我都会收到他各种各样的惊喜或者“惊吓”！虽然我们都已为人父母，但浪漫和仪式感一点儿都没有少，就这样在他精心准备的许多“纪念日”中，做个富太太吧。

01

“女士，您的先生跌倒了，快去看看吧！”餐厅经理突然匆匆跑过来，我心里一紧赶忙去看。

他穿着白衬衫，捧一束紫色珍珠玫瑰，站在玫瑰花路和烛光之中。

天呐，这个场景，和 8 年前他向我求婚时一模一样。此刻他望着我，轻轻唱起那一首我们最熟悉的蔡旻佑的《我可以》，8 年前，他唱的也是这首，就连他的激动也和当年如出一辙，他缓缓走过来，我紧紧地抱住他，我孩子的爸爸。

没想到他紧接着递上来一个熟悉的盒子，对我说："8 年了，嫁给我，你后悔过吗？今天，你还愿意嫁给我吗？"

我一边吐槽他的老派和传统，一遍数着盒子里他亲手折的 99 朵紫色纸玫瑰。结婚 8 年，又重温了一次当年的求婚，夫复何求。

那天是我 32 岁生日，手中是摇曳的红酒杯，眼前是"小蛮腰"们在霓虹中闪耀，时间过得真快，转眼间，这已经是陈先生陪我度过的第 11 个生日了。现在的我们，虽然已经是一双儿女的父母了，但他总是能想尽办法制造浪漫的二人世界。

02

当年，我们还是 QQ 网友。

毕业前，我随口问他要不要来参加我的毕业典礼，那时他住在广州增城区，距离大学城 71 公里，公共交通需要 5 个小时，没想到他满口答应了。

那天他穿了白衬衫，手捧一大束粉玫瑰准时出现在我的毕业典礼，很多人都说"你男朋友真好"，我们都低头笑笑没有说话。后来我才知道，他特意跑遍整个城区找到一家包装最好看的花店，订了 29 朵玫瑰。

典礼前一天，他彻夜未眠，凌晨 4 点天还未亮就出发了。我想象着他护着这束玫瑰，挤进这个城市最繁忙汹涌的早高峰地铁，小心翼翼地穿过人群，不由得感动。

我从未遇到过一个如此诚挚的人，他的心是那么温暖明亮，可以让我把心交付给他。

他也把这天定为我们的定情之日，正也是为了这份情，毕业后我不顾潮州老家传统，不顾父母反对，执意留在了广州，留在他的身边。

后来我知道，29 朵玫瑰的花语是“爱到永久”。

03

他是那种如果有一个番茄，会想办法变出一盘番茄炒蛋给我的人。

从我怀孕起，他每晚都陪我一起看育儿书，学习专业的带娃知识。我们像小学生一样，互相背诵知识点、巩固记忆，他还特地抱回来一个婴儿玩偶，我们拿玩偶一起练习给娃换尿布和抱娃的正确姿势。

每次胎动得厉害时，他都会温柔地对着我的肚子说：“你可不要欺负我的女人哦，要乖乖的！”那时候我口味刁钻，经常会想到一些小店的小吃和点心，难为他每次在我嘴馋的时候，都会放下手中的事，开车几十公里为我买老婆饼、黑芝麻糊、素包子……

他对我的喜怒哀乐，好像比我自己都更了解。

我临产的那天晚上肚子好痛，他照例在身边哄着我，直到凌晨 3 点了我都没有入睡。这时他说“可能是时候了”，于是让我去洗了澡。他开着车，我坐在副驾驶座，痛感越来越强，他握着我的手一个劲儿地出汗，还不断安慰我：“深呼吸，不要担心，我会一直陪着你，一起迎接咱们的孩子。”

我在医院的病床上疼了 5 个多小时，还是没有任何要生的动静。医生说我血糖高，只能剖宫产了，但剖宫产不能陪产。后来他跟我说起当时的感受时，还是会激动，当时站在手术室外的他，好像在经历着生死考验。

“你剖宫产的那一道疤是我心底最疼的伤，两个孩子都是从那儿来的，我只会更爱你。”

现在我们已经有了一儿一女，但我们依然很享受两个人在一起的感觉。

只要两个人在一起，不管做什么事情，都会觉得很开心：有时候两个人会骑着摩托车傻傻地吹着风，两个人牵着手漫无目的地逛街，两个人静静地坐着喝咖啡，两个人看一场喜欢的电影，甚至是平常上班，中午休息时两个人抽空一起吃顿午餐……虽然都是一件件小事，但都让我们觉得很幸福。

谁的生活不是婆媳关系，孩子教育，油盐酱醋，但陈先生说，他希望能让我一直活在爱情里。

他是一个很愿意为我花心思的人，让我永远期待着他的下一个惊喜。

04

920 这三个数字是我们结婚的日期，后来就变成了我们的爱情数字，他说这是寓意着“就爱你”“久爱你”。就连选车牌号的时候，也用了 920 作为尾号。

去年，在我们结婚 9 周年纪念日。那天，他带着 9 只粉气球开车来接我下班，彬彬有礼地引我到后备厢：他用红玫瑰填满了后备厢，摆出了“9、2、0”三个数字，然后用小朵的玫瑰拼出三个数字的轮廓，再用粉色的满天星铺满了空余位置，最后布置上气球。

我们一路开车到了创意园的河边，看着日落，夕阳的余晖染红了天空中游荡的白云，替它们镶上了亮晶晶的花边，这几朵白云一会儿就变成了玫瑰色的晚霞……我想，这不正是陈先生对我做的事么，他一次次为我的平凡生活镶上了梦幻般的金边！

他说，这是他一直梦想的画面——为我制造的“告白气球”。

一切都是那么梦幻和美好，我缓缓松开手，看着这 9 只气球慢慢飞向天空，好像这 9 年间所有不愉快的事都随风吹散了，只剩下一颗富足的心。

他说：10 周年，我一定给你买一枚 I Do 钻戒，代表着我对你永远的承诺。10 年还不够，我要你跟着我一生一世都幸福。

“嫁给你，我从没后悔。”我靠在他身边动情地说。

余生，就让我们幸福地爱下去吧！

#求证：平淡爱情≠虚度时光#

Prove: Love in peace ≠ Waste of time

你可以看到，这些夫妻在平淡生活中，

把浪漫演绎到了极致，

也在日复一日的平淡中，努力为彼此制造着惊喜。

平淡与虚度，并不能划上等号。

稳稳的幸福，你也值得拥有。

不知道从哪里看到一种说法：如果你看表的时间恰好是 11 点 11 分，那就表示有人在想你。于是不论早上还是晚上，只要看到 11 点 11 分，我们都会给对方发一个“么么哒”的表情来表达想念。

我喜欢并享受这样的默契，有时候漏说了就像错过了特别重要的一件事。

如果 11 点 11 分，我们恰好就在彼此身边，就心领神会地亲对方一下。

1 @ 刘晨

2 @ Joker

我们吵架后，互相瞪视的时候，我总是笑场。

然后他就会转过身去笑。

刚刚为什么吵来着？唉，都忘了。

更绝的时候，前一秒还互不理睬，后一秒说的话、做的动作竟然一模一样，他就说我：“唉，你怎么学我。”

所以，我们吵架从来超不过 10 分钟，冷战啊，坚持不了半天。

3 @ 甄诚

4 年前，创业的小公司忙得一塌糊涂，天天陪客户喝到吐，没时间陪女朋友，有几回实在焦躁还在电话里吼了她。

一天晚上我喝得都不知道自己是怎么回家的，第二天早上起床看到她正在厨房熬粥，屋里收拾得一干二净，我的眼泪就下来了。

那一刻，就明白陪伴一生的那个人就是她了。

把日子过成诗？不可能的！我们经常唇枪舌剑，不失一切时机互怼。
我说：“你买的猪肉太肥了。”
他说：“你居然这样说你的朋友。”
……

他说：“男人的梦想是女人和车子。”
我说：“你已经实现了一个。”
如果打情骂俏也是一种浪漫的话，我想我们也勉强算吧！

4 @孙旭媛

5 @芳园

他坚持做早饭晚饭给我吃，有三年多了，即使他上班的地方比我还远。

我主动进厨房帮忙，大都会被赶出来。
他说是嫌我添乱，其实是想我十指不沾阳春水。
我经常很晚下班，他就做好晚饭送过来，尽量不让我点外卖。

每次吃完还让我评价一番，我当然对他的厨艺大加赞赏。
只有闹别扭时，我才会找碴儿：“这菜太难吃了！”
这句话总能成功地让他凌乱，“啊，有吗，怎么会呢，怎么个难吃法？……”接着，他就屁颠儿屁颠儿地进厨房重做去了。

17 岁开始和他谈恋爱，他喊我“宝贝儿”。
这个称呼再也没变过。
生了女儿后，我喊女儿“宝贝儿”，他叫女儿的小名，叫我依然是“宝贝儿”。

女儿 4 岁时，反应过来，妈妈最爱我，爸爸最爱妈妈，因为对最爱的人才叫宝贝儿。
嗯，当了他 18 年的宝贝儿，习惯了。

6 @ 漫步

7 @ 嘻嘻公主

他是理工“直男”，我是文艺少女。
但我们俩很喜欢窝在家里用投影仪看电影。
看爱情电影的时候，我就趁机教育他。
看恐怖片的时候，就钻进他怀里。
他其实不太看得懂文艺片，每次陪我看，都要我讲解。
平时我们俩就用这一段时间看过的影视台词来沟通，
两个人笑得前仰后合，别人都不知道我们的笑点在哪里。

看了那么多电影，他也知道我喜欢浪漫，但最后还是平凡地就领证了。
他说，他想了好多种方式来求婚，但没有做到的事情就不要说了吧。

一直租房住，房东给的床偏大。
我睡觉不老实，几次滚下床。
后来他的反应越来越快，我刚往床边翻滚，他就一把把我拽回来，搂住继续睡。
我以为他醒了，其实那是他下意识的反应。

买的一套小房子上个月收了房，可以装修了。
“双十一”在网上买床，我纠结选大一点儿还是小一点儿的，他说，选小的，这样你就不会滚太远让我拽不着，老实待在我怀里。
唉，我就是抵抗不了这种甜言蜜语，乖乖买了张小的。

8 @胡投投

9 @ 瑞瑞

他总是说他做饭，我洗碗。
但我要去洗碗的时候，他总会抢过来不让我洗。
每次耍赖，不想做家务，我就说我们来“石头、剪刀、布”，公平决定啊。
他知道我总是会先出“剪刀”，就故意输给我。

我偶尔做家务，他会很开心。
我把家里搞得乱七八糟的，他就会边收拾边唠叨我。
但他跟他妈说，我做饭超好吃，超会做家务。

她总能给我怦然心动的感觉。
刚恋爱时，我们一起去北京愚公移山的 live house（音乐展览空间），听着塔叔悠缓的音乐，她轻靠着我的肩膀。那一刻，内心突然好感动，像全世界只有我们两个，我确定那是爱的感觉。

又一个特别冷的冬夜，我从体育馆打完羽毛球回来。以前单身时运动完回家黑灯瞎火又累又饿。可那天，我在楼下随意抬头看了一眼，家里的灯竟然是亮着的，发出暖黄色的光，让我的心忽然雀跃。推门进家，热气和香气扑面而来，她下班回来特意给我熬了一锅罗宋汤。
那一刻，我的心完全融化，我想娶的人，就是她了。

10 @ 郑宇航

11 @ 哈小妮

我男朋友特别会做饭。
每次好像心有灵犀一样，我白天想着吃什么，到晚上回家他就真的做了这道菜。
我雀跃得像个小孩，
“你怎么知道我想吃这个的，我都没有跟你说过。”
“就刚好想做这道菜了，也不知道为什么。”
他总是轻描淡写。真的，至今我都觉得这是个谜。

有一种冷，叫作男朋友觉得你冷。
冬天睡觉前，他先钻进被子里我睡的那一边暖被窝。
半夜被弄醒，不用问，一定是他在给我掖被子。
有时候起夜上厕所，我刚把被子掀开，他一把把被子给我盖上。
我气呼呼地说，我要上厕所，他才松开。

有时睡着睡着，他忽然一屁股坐起来，喊我名字，我“嗯”一声，他倒头又打起呼噜来。还不忘摸摸被子在不在我身上。

送的生日礼物就更别提了，第一年羊绒围巾，第二年羊绒披肩，我闺蜜说，今年他八成会送一条羊毛裤的！

12 @ 盖子

13 @ 谭潇

可能有点儿匪夷所思，但是我家那位对啃苹果、啃梨的声音过敏，只要一听就浑身起鸡皮疙瘩。
所以他十分拒绝这种嘎巴脆的水果。

为了保证他补充必需的维生素，每天早上，我都一次性地将 3 至 5 种水果洗净、切好后放进榨汁机里。

他总埋汰说我是搅屎专家，因为果汁榨出来很浓稠，我就加蜂蜜水搅啊搅，确实有点儿不好看。
可每次他都一滴不剩地喝完。我赞赏：“好个吃屎能手！”

第五篇
PART 5

轻松生活 or 艰难爱情，你怎么选？

人们说：爱情是任人发挥却又最难达到满分的主观题；
而人生，往往是要客观面对的选择题。

在许多场景下，爱情总是一次次地拷问着我们的情感与理智。
面临的考验难度或轻或重，时间或长或短，渺小的凡夫俗子有太多的言不由衷，身不由己。
在人生的路口，这些情侣无一例外地选择了他们的爱人。
我一个人可以过得很好，但遇见你以后，我再也不想一个人了，
只想与你同舟共济，纵使撞了南墙也不回头。
那么难，他们都走下去了，那么你呢，你会怎么选？

I Do 说

毕业即分手的情侣，都是站在十字路口面临选择的情侣。

但有的人做出了不同的选择。“来到我的城市”是一种付出，更是一种温柔。

多少原本相爱的人败给了时间，败给了距离，败给了“凭什么我要妥协”，面临进入大千世界前最重要的选择，需要宽容、体恤、忍耐、恩慈、勇敢和付出，这样才能让爱继续。

毕业季别人都分手了，
我选择来到你的城市

主人公

李静／人力资源，韩金龙／策划

相识 10 年，四川成都

爱情面前，有不能克服的困难吗？有，如果不够爱的话，一切都是困难；但只要足够爱，一切都只是为爱情失败找的各种借口吧！

01

别不信，从见到他的第一眼，我就决定要嫁给他。

大学军训的一天，我站在队列的第一排，本来是烈日炎炎正好眠，我们却在被迫重复世界上最无聊的动作——踢正步。心里叫苦连天，脸上哈欠连天。

“教官，不好意思，我来晚了。”一个腼腆而有磁性的男声打破了夏日的沉闷。

他穿着白衬衫、牛仔裤从远处走来，越走越近……我心里惊呼：好阳光、好干净的帅哥啊！老土的一见钟情，但也只有经历过的人才知道那一刻的电光石火、海啸雷鸣。

我是个颜控，有人说一见钟情纯属见色起意，我不同意，毕竟世上好看的人那么多，但并不是每个人都让你有感觉。一见钟情很复杂，从某种程度上说，是天时地利的迷信。

装作羞赧地搭讪，搞到联系方式后，我火力全开用尽平生所学，天天发短信“骚扰”他。每天厚着脸皮给他发早安、午安、晚安，没过几天我就猴急直接表白了。别看他高高大大的，却很内向，我撩了他一个月，他始终不温不火。我无限委屈，打算结束这场傻傻的女追男，于是给他发了条告别短信：“如果再也碰不见你，那祝你早安，午安，晚安。”

他第二天早上回复我：“我们在一起吧。”

瞧，这世上根本没有不解风情的男生，只有默默享受你对他好的“大猪蹄子”……

02

都说，女追男的感情不会幸福，因为在一起后，男生会不珍惜轻易到手的感情。但韩先生用他的实际行动证明，他可不是这种“过河拆桥”的人。

他很珍惜我。大学时代，我们经济都不宽裕，他却在力所能及的范围内，用心创造了我们闪闪发光的青春岁月。

大一下学期，我们许下愿望：一定要爬一次泰山看日出。结果到了半山腰，我实在爬不动，他二话不说背起我就向上爬，后来也背不动了，就“生拉硬拽”地拖着我上山。晚上我们找了一家民居住宿，那时候我们还很青涩，他把床位让给我，自己像练过轻功似的，硬生生地和衣在长板凳上睡了一晚，这一晚导致回到学校后他“负伤”了——腰也动不了，腿也动不了。

那个日出是我人生中最美的日出，我们在秋风瑟瑟的山顶情不自禁地紧紧抱在一起，在太阳跳出云层那一刻惊喜狂呼，甜蜜拥吻。

柴静说：“没有在深夜痛哭过的人，不足以语人生。”

我说：“没有一起看过风景的情侣，不足以语爱情。”

我热爱和他一起旅行，韩先生深谙这一点。那是一个偶然的阴霾天，我抱怨了一句“好无聊啊”，他便偷偷买了下午去他家乡青岛的高铁票，神秘兮兮地说：“走，你不是一直想要去看夏天的海吗。”

那晚，他带我去了一家浪漫的海景餐厅。在我看菜单的功夫，他突然消失了。我突然发现露台上开始闪烁着七彩的灯光，然后看到他和他在青岛的朋友们，一起撒着玫瑰花瓣向我走来，海滩的露天屏幕上播放着他制作的我们相识 283 天的短片。

“当初因为太害羞没有好好追你，那现在，你愿意做我的女朋友吗？”

月色映着他年轻的笑容，我们在长堤上走到脚疼，真想就这样一直走下去。

03

可终于，还是到了分别的时刻。

大学 4 年，我们都没有讨论过毕业后何去何从的问题。他是一个山东汉子，我知道山东男人的思想多少有些“大男子主义”，他其实想带我回老家发展的。

我是一个恋家的成都姑娘。我想念走街串巷在暖阳下喝茶、掏耳朵的舒服，想念和家人围坐吃火锅那种沸腾的人间烟火，也想念四川灵秀的山水，城市生活的自在释然。所以我们一直很默契地对这个问题避而不谈，指望着时间和命运给出答案。

离别的火锅店，我们相对而坐，默默无言。他沉默地为我涮着鸭肠，夹到我碗里，像以往一样温柔地说：“七上八下，涮好了。”一个 18 岁前从不吃辣的山东汉子因为我迷上了火锅。我也倒下去一盘猪脑，捞起来，用我的独门“暗黑”吃法——用筷子细细捣碎，拌上各种调料，递给他。

热气腾腾中我看不清他的脸，我低头小声说：“我想天天吃火锅，我想天天吃到火锅。”又是沉默。

很久很久后，火锅的热气散去，他抬起头，郑重地看着我的眼睛，伸出双手握住我的手，轻轻地说：“我会让你天天吃到火锅的。”我泪如雨下。

为了照顾我恋家的心，这个山东大男孩收拾行囊，义无反顾地和我一起回到成都，自己成了异乡游子。从一吃辣就会满脸长痘到现在无辣不欢，甚至无师自通学会了四川话，和我的家人、朋友在一起摆龙门阵……跨越千山万水重重阻碍只为和我在一起。

04

相爱容易相处难，为了经营这份感情，我们在看似普通的相处中花了不少小心思。

我们有个不成文的规定，每天必有深度交谈时间。这个时间段不能玩手机、不能看电视，两个人舒服地靠在沙发里聊天，或者就不说话，沉默地抱着对方。

早上他报菜名，晚上我为他准备晚饭，看他把盘中餐一扫而光，就是给我这个"美厨娘"最高的奖赏。饭后他装懒不去洗碗，我佯装生气，他就会为讨好我而乖乖洗碗。晚上我睡着了他会为我盖好被子。

平时会不经意地打听我喜欢什么口红和包包，出差的时候偷偷帮我买下。我出差或者我们一起旅行前，他会很细心地帮我准备好所有需要的东西。在我生理期的时候，他会很自然地为我洗内裤……

爱也需要仪式感——

每天他上班前，我会像老电影里的小女人一样，为他整理西服领带，他会亲我一下，在我耳边说："我爱你"。如果他忘了，就要甘愿领罚，请我吃烛光晚餐。

挑钻戒的时候，我们不约而同地想到了I Do，他说这个品牌名字最好，寓意也最好。I Do见证了我们步入下一段人生，正式从"两个人"变成"我们"。

什么是“我们”？大概就是，我已经无法习惯没有他的生活。

就像，无数个夜里，我突然腿抽筋翻来覆去的时候，他总会条件反射般“腾”地坐起来，用他独创的“马杀鸡”（按摩）给我捏腿，黑暗中也不知道他重复了多久这样的动作，直到我沉沉睡去。

爱就是黑夜里这种不离不弃的陪伴，它让你不再辗转反侧，让你在漂泊尘世和叵测命运里找到心安。

多好啊，“我们”。

I Do 说

被割去一半的圆，无时不在等待着与另一半的相会，共同翻越生活的山水。但风起了就停，停了又起；潮水缓慢落下，又徐徐涨起……生活的起伏永无止境。但因此，爱的生长也无止境。不都说最好的爱情是“我时常有病，你永远有药”吗？彼此是唯一能够治愈对方的良药，在一起的每一天，都更健康、更完整、更自由。

习惯依赖的我，选择为了他变得独立

主人公

许莎莎／作家，何瑞远／互联网从业者

相识 8 年，北京

认识我的人都说我是一朵奇葩。

但他们只知道我作，却不知道在我 15 岁时妈妈因病去世，这件事是我心中难以愈合的伤疤，才让我变成一个缺失安全感的人。

01

母亲离世 5 年后，我拼了命地学习考上了北大，从本科一路念到研究生，不敢有一丝喘息。也是内心深处的恐惧和不安作祟，我不知道除了拼命学习以外，自己还有什么办法才能感到心安。

20 岁出头时，我去欧洲交换学习，为了多学一门外语就在法国文化中心报了一个法语班。法语语法很难，课程很满，那天中午我像往常一样去学校的公用微波炉热午饭，不远处有个男孩，身形清瘦好看，眉眼之间一副桀骜不驯，瞬间吸住了我！

02

他叫何瑞远，不久之后，他成了我的男朋友。深秋的后海，我们生疏地拥抱，他第一次吻了我。

他真的是位公子哥啊！那么理想主义、自负又封闭自己，喜欢吃的跟我喜欢吃的统统不一样，也不会说“我爱你”……他打破了一切我对理想伴侣的想象，他好像什么都不好，但冥冥中却能感到，他是我从小到大一直想得到的那个人。

北京初冬，一个非常冷的早上，我醒得很早，浑身疲倦，头脑昏昏沉沉，胃也不舒服。那时我正被毕业论文折磨，而何先生已经工作了。想到他要去上班，只剩下满屋子的空空荡荡，孤独感就让我难以承受，我下意识地跳下床，抱着他的胳膊不肯放手，一边抱一边哭。

“你是不是又不想让我走了？”我愣了一下，然后继续哭。何先生默默站了一会儿，然后叹息，他说：“你别哭了，我今天不去上班了。”

他在家陪着我看动画片《龙猫》，阳光暖洋洋的，时间仿佛静止。何先生问我，在担忧什么，为什么不找些喜欢的事做。我说，以前喜欢的事，最近好像都燃不起兴趣了；我还觉得，世界没有任何人能懂我，除了回力球。

他问我：“回力球是谁？”我说：“是我自己想象中的小伙伴，他就住在对面的楼里。我每天对着他喊话，然后在想象中回答他。”

何先生被我噎得半天喘不上气，然后一字一顿地告诉我，我可能是患了抑郁症。

03

很多人认为我是不是“发神经”了，可何先生没有介意我的“情绪感冒”，虽然有时候仍然会发作，但他还是愿意陪伴我东奔西走看医生，从西医的心理治疗到中医的脏腑调理都尝试了个遍，同时试着让我接触一些佛学和基督教的思想，陪我一起聊天跑步……随着两只小加菲猫的加入，让我的生活变得更柔软了，我们像照顾宝宝一般照顾它们，给他们喂食、切肉、剪指甲、洗澡、刷牙、铲屎……我也顺利地拿下了北大的硕士学位，开始了正常的工作。

在何先生温柔的陪伴下，我学会了养猫、瑜伽、占星，还出版了两本书，他给了我力量让我更勇敢地去探索世界。在这个过程里，我不断看到自己内在的问题：恐惧、多疑，容易紧张，对自己和他人苛求。我不断调整自己，学会敞开自己，允许自己放松和舒适……我渐渐明白，每个个体都是独特的存在，有自己的人生课题和使命，我慢慢对妈妈的离去释然了，也对自己越来越有信心了。

04

几年后，我跟何先生双双进入了职业瓶颈期，经过艰难的考虑之后，我们决定一起辞职，过一段自由生活。我的梦想是全职写作，何先生的梦想是做一个资助新锐艺术家的创业项目。

后来何先生的项目人手不够，我不得不把自己的写作计划搁到一边，担负起项目中需要沟通和谈判的部分。我们一起联络采访对象、去外地拍摄、做商业计划书、见投资人，遭遇了很多困难……创业项目最终失败了，我们不仅没有融到钱，还搭上了不少积蓄。

但这一年多风雨同舟的时光，让我们更懂得了什么是爱情。最难得的是，我们因为彼此都变成了更好的自己：我从一个恐惧、焦虑、生活能力很差的女孩，变成一个可以独立担当生活的人；而他从一个大男子主义、自负骄傲的男生，变得更温柔，更有责任感和同理心。

爱情，驱使我们放弃自己身上锐利的部分，变得更包容、更忍耐，从而和彼此融为一体。

我笃定地相信，我们已经离不开彼此了。在相识 7 年的时候，我们领了证。

05

其实，我跟何先生现在依然不算多么“成熟”，在准备婚礼时，我们对于完美的执念又让彼此有点儿累，积压了很多情绪，隐忍不发。婚礼前夜，我们一起去酒店看场地，想到明天要面对诸多亲友，我忽然又感受到强烈的恐惧，对他说：“我现在状态很不好……我怕明天不能参加婚礼。”

我以为他会吼我，但他只是愣了一下，然后，柔声细语地对我说：“没关系，如果你明天状态不好，我们就告诉大家，婚礼延期举行。其实，我一直明白你是一个怎样的人，但是因为你太敏感，所以这么多年才想要你能改变……但我终于发现我错了。你就是你，改变你只会让你难受和压抑，这对我们其实都不好，今后我会接纳你的全部。”

感谢何先生。

因为爱，让我们成为更好的人。我们始终坚持、没有放弃，最终成就了彼此的成长。不管过去如何，我们会带着爱直面未来，也让我更有信心，给未来的宝宝一个有爱的、温暖的原生家庭。

法国作家雨果在《人出生两次吗？》中写道：人出生两次吗？是的。头一次是在人开始生活的那一天；第二次则是在萌发爱情的那一天，遇见爱情是新生，而遇见好的婚姻，恍如重生。

I Do 说

成人世界的纯爱故事其实一点儿都不少，少的只是成年人对于纯爱的希望。亲爱的，当你对世界一次次失去希望时，莫忘有一个人终将为你点亮整个世界的光。滚滚红尘之中每个人都是远航的船，但总有一个人能给你一份安心去停泊，也给你一份勇气去远航。

在我人生最低谷，他却毅然向我求婚

主人公

雨晓妞／模特，大表哥／模特

相识 6 年，北京

最艰难的时候，医生确诊我患有抑郁症。

我曾无数次爬上 36 层楼顶，只要再往前走几步，就彻底解脱了……而那些无法入睡的夜晚，若不是他在身旁陪伴，我不会走到今天。

01

几年前，北京空气污染严重，极度萧条的环境让我的心情更加灰暗。一切的一切都笼罩在拨不开的浓雾里，远处的大厦被严密地遮挡起来，脚下的车流也像穿梭在云雾里。

“跳下去就永远轻松了。”我想。和长期的精神折磨相比，跳下去真的算不了什么；而从天台走下来，继续抵抗生活的洪水猛兽，才是更需要勇气的事。

那个声音一直在教唆着我跳下去，跳下去……我不由自主又往前迈了两步。混合着雾霾尘粒的北风，吹得我脸庞发痛。这时耳后传来温热的鼻息，一双大手将我紧紧环抱，“听话，跟我回去！”我心中郁结的情感再也难以压抑，我转身抱住他，失声痛哭。

“不管什么时候，记住，有我在。”他说。

02

我们的职业，是模特。

这个圈子帅哥美女云集，在外人看来是关系复杂的名利场。圈子里的爱情，似乎也变得没那么纯粹，多的是欲望和野心。我也未曾料到，会在这个圈子里找到挚爱。

那年，和一个朋友去798面试。我们在园区里迷了路，他走在我们前面，我们就向他问路，他生冷地回答：“不知道。”“跩什么跩啊，我们自己找。”说实话，他虽然冰山脸但却高又帅，让人忍不住想多看几眼。直到我在面试现场再次看到他，才发现他也是前来面试的模特。

当时我们在现场有一个分组练习，他和我被分到了第4组，他成了我的男搭档，我发现他与待人热情的我相比，的确不苟言笑，几圈台步下来，在分别的时候他终于开口：“你有没有男朋友，那个跟你一起来的人不是吧？”我没好气地说：“不是！跟你有什么关系。”他那张冰山脸，立刻有了笑意。

一个明晃晃的微信二维码摆在我眼前：“加我。”

既然是同行有资源可以共享，于是就加了微信。没想到当天晚上，他就主动出击：“我觉得你挺不错的，我们可以交往吗？”

一开始，我只是抱着试试看的心态，毕竟同是模特，先从朋友做起。朋友们也说帅哥不可靠，他身边美女如云，我也没有其他人那么出众，并不奢望长久。

但在一起之后，我发现他并不是那种酷酷的人，反而有一颗温暖的心。我们家附近的路边有流浪的小猫小狗，他就去超市买罐头和火腿肠喂它们；家里的日用品断档，他也总会及时做好补给；一起吃饭时，我毫无顾忌地把腿搭在他的腿上，他也总是笑吟吟地不发一句怨言……

我一直以为，对他是单纯的恋爱、是喜欢，从未想过有什么力量能让我们相伴一生。

03

交往 10 个月时，我们因工作原因分隔两地，因为对他与异性的关系产生了一些误会。眼里揉不了沙子的我断然提出了分手。

分手的第一天，我长舒了一口气，觉得天朗气清，自己又可以自由了。却没料到从第二天起，我渐渐被深入骨髓的痛苦包围。我想他，想见他，想听到他的声音，想他温暖的大手，想他把我护在身后的安全感。分手一个月后，从朋友那儿听说他有了新女友——比我高，比我漂亮，所有人都觉得她比我更适合他。但不到两周的时间，他就发来微信说，“我和她分手了”。

我强忍着这种煎熬的想念，整整 4 个月没跟他联系，却发现自己已经没有办法接受任何人。我害怕知道他的消息，删除了所有影视圈及跟他可能有一点儿关系的人，然后在矛盾中被痛苦地折磨着，我才这时不得不承认，我是真的深爱着他了。

两个月之后，我到广州出差的第二天早晨，他也来到广州。那天晚上，我鼓起勇气打开了家门，他并没有说一句求我复合的话，只是赖着不走。我们又重新回到了一起，是船舶入港的踏实。

04

那是 2016 年秋天，因为家庭变故导致债台高筑，我也因此患上了重度抑郁症。当时，我们正在长达 5 个多月的异地恋中，没有他在身边，我每天都从崩溃到绝望。

我整夜失眠，时而情绪高涨滔滔不绝，时而颓废到底灰心绝望。大多数时候，我像一只受伤的动物，蜷缩在凌乱的房间里，不开灯，就那么一秒一秒地发呆，任时间流逝。

药物带来的副作用让我痛苦不堪，四肢的震颤、僵硬困扰着我。每个清早，我在混沌中醒来，用尽全身的力气端起牙刷和牙杯，手一抖，水杯又打翻在洗手台上。

那段时间，每次快崩溃的时候，我总会拿分手威胁他。

但只要在我需要他的时候，他都会奋不顾身来到我身边：我打官司，他陪我见律师；我没钱打官司，他帮我借钱……当我在门诊吵闹让大夫都尴尬不已时，当我在每一个夜晚都折腾他到不得安睡时，我都以为他会离开我。

可就在这时，他向我求婚了。

我不知道他是不是有意为之，是这个求婚，点燃了我继续生活下去的所有希望。

05

当时我们都没钱，但他坚持要给我一个此生不悔的仪式。

那天，他带我去了我们经常约会的购物中心，带我走进了那个路过千百回都没有踏进的店铺……他，刷光了信用卡里所有的钱，为我选了一枚我喜爱的 I Do 婚戒。

他一手捧着花束，一手拉着我跑到附近的广场上，单膝跪地向我求婚。银光闪烁的戒指轻轻套入我的无名指，没有让人羡慕的克拉数，没有感人的背景音乐，没有围观群众的热情见证，我们真的是一穷二白，但是一枚象征永恒承诺的 I Do，却让我们像被聚光灯照耀般闪烁发光。

我泪流满面，是他，终于让我这艘漂泊已久的船，泊岸了。

06

在交往的第 4 年，我已不再靠药物控制抑郁，我的药物就是他。

我们决定举办婚礼。

婚礼前夕我们回到 798，摄影团队要帮我们翻拍一次我们相遇的画面。我们都穿了白色高领毛衣、黑色呢子大衣，跟 4 年前遇见彼此的那天一模一样。

我在试衣间里悉心地打理着白色毛衣上的绒毛，隔着布帘，偶然听到

他和摄影师的对话：“那次去面试，我先看到了她的背影很漂亮，然后赶紧加快脚步走到她前面，默默期待她能注意到我，没想到她真的喊住我问路了。她的眼睛告诉我，她是我遇见的最善良的女孩。”摄影师说：“这个细节真好，一会儿就还原当天的场景，她在前面打电话，你站在后面凝望她……拍出你们当时的那种一见钟情的感觉。”

我这才知道那天的真相！偷笑起来，脑海中光影翩跹，那一天，我喊住他，他回头，面无表情地说：“不知道。”

这个大猪蹄子，演技也太好了吧！

在我迷路时，我抓住了路过的他；在我迷失时，他又一次次把我从死神身边拉回来……他仿佛就是那个注定帮我找到方向的人。他的出现，他的存在，他的呵护，给了我第二次生命。

那天，我们又来到 36 层楼顶，他陪着我，我们戴着口罩拍下了在顶楼接吻的照片。我再没想过跳楼，如果转身就有他的拥抱，我怎会往前再走半步?

此生，请寸步不离，好吗?

I Do 说

红尘滚滚，没有不磕磕绊绊的人生，只有没有勇气丢盔卸甲的逃兵。既然我们都没有与生俱来的盔甲，那么在艰苦的现实面前，我们只能努力武装自己，然后去寻找那个能够点燃你激情的战友，两个人为了相同的使命，在生活中彼此支撑，努力走到最后。在这一场百年的竞技场上，打赢“现实”这只猛兽，享受最后胜利的香槟！深情不及久伴，厚爱无须多言，这是浮躁时代最好的爱。

现实打败过很多人，
我们却选择向它开战

主人公

兰／教师，国／军人

相识 5 年，北京

现实中的爱情很难十全十美，但如果伴侣是你，我愿意为爱而战。

01

“如果做试管婴儿还不成功呢？”

好不容易熬过了异地的处境，我和他又要面临新的困境，但我完全不害怕，因为有他。

我的丈夫是一名边防军人，我是一名初中老师。遇到他那年，刚好赶上他离开驻地来到北京装甲兵工程学院攻读在职研究生。说来有趣，我们是在婚恋网上认识的，结果聊得非常投机，他的正直善良让我特别欣赏。

一个月后，我们在线下见面了。那天他穿越了大半个北京，从丰台区坐地铁又转公交跑到了我所在的昌平区。一身笔挺的军装，双手拎着好几种内蒙古风干牛肉，一看就是真诚可爱的人。我们的三观非常合拍，晚餐一起吃了火锅，更像是老友叙旧。

我们相爱了，是两个成熟灵魂的一拍即合。

02

但他终究到回到了遥远的中蒙边境，我们感情的未来让身边所有家人和朋友开始担忧。我的家在北京，工作也在北京，找一个陪在身边的伴侣生活会很舒适，但如果选择当一个辛苦的军嫂，可能会面对长久分居的苦恼。

选择他，是我深思熟虑之后的决定。

我愿意去爱这样一个正直真诚的男人，相较于他保家卫国的崇高事业，我的异地相思真的不算什么，我愿意支持他将所有力量奉献给他最爱的军队，做他坚实的后盾。

03

他回到了部队，我们每天按时通电话，仿佛从来都没离开过彼此一样。

有人说军嫂眼中常常有泪，但心中始终架着彩虹，这句话没错的。

2015 年我从北京出发，辗转千余公里，第一次去了他所在的部队，他向我描述过边关的蓝天白云，成群的牛羊，奔腾的野马，唯独没提过边关的苦。当我翻过大兴安岭地区，越看越心酸，没想到他能在这么艰苦的地方待上那么多年。

终于到达了他所在的锡林郭勒大草原，他和连队官兵早已在风中等候着我。一下车，我手中的行李就被争相抢走，战士们一声声“嫂子”叫着，前后簇拥着我向连队方向走去。战友的浓浓情谊，使我感受到了前所未有的淳朴与真挚，我第一次体验到了边防解放军的不易以及作为军嫂的无上光荣。

在边防官兵亲属临时来队的住宿房里，一拨拨送茶、倒水的战士温暖极了。这三天，我受到了热情的招待：传统羊肉、特色奶酪、蒙式烧烤、边疆莜面，“嫂子来了，我们跟过年了一样。”战士们对我热情又暖心。看着他坐在战友之间，大家推杯换盏，直抒胸臆，浓厚的情谊都融化在一杯杯甘醇的酒里。

“亲爱的战友你不要想妈妈，军营是咱温暖的家，站岗执勤保卫国家，待到庆功时再回家。故乡有位好姑娘，我时常梦见她。军中的男儿也有情，也愿伴你走天涯，只因肩负重任，只好把爱先放下。白云飘飘带去我的爱，军中绿花送给她。”

听到这首《军中绿花》，几位小战士偷偷抹了眼泪，国与我也红了眼眶。

那一夜，屋外北风呼呼作响，我躺在房间里彻夜难眠，心里仿佛有团火焰。那一刻，我对军嫂的选择，无比坚定。

04

那是此生最勇敢和神圣的一天，我们终于在北京举办了婚礼，那天他一身戎装、庄重英勇。他说：军装，代表了一名军人对于国家的忠诚与担当，也代表了他对婚姻的庄严承诺。

两年后，他从边疆调回北京，我们终于能够团聚了。那年他 33 岁，我 31 岁，本以为苦尽甘来，是时候要个宝宝了，没想到一切并不容易。我做了不计其数的检查，吃了大包小包的中药，在决定去做试管婴儿的前一夜，我们俩失眠了，躺在床上聊天，他说："就算这辈子没孩子，也没关系，只要我们俩能相濡以沫走下去。"他先开口了，把我搂在怀里。

"我们都一起克服了那么多困难了，只要有你在，我不怕。"

可能，当你坦然面对生活的时候，生活反而会给你一个成长的奖励：当我决心去做试管婴儿之际，宝宝竟悄然而至！这给我们长久以来的失落带来了巨大的惊喜——宝宝出生时有力的啼哭，是我听过最有生命力的声响，像军队的号角，挥扬着大旗，指引我们走向新的生活。

现实打败过很多人，我们却选择向它开战，他就是我的军旗。以后的生活每每遇到困难，都会想到那三天营队的生活，我都会想到婚礼上身着军装的他，想到自己作为军嫂的责任，不禁更能坦然应对我生活中的战役。

在结伴同行的生活路上，从不缺少风雨，也许未来仍有不可预知的困难，但我们一家三口终将携手而行，共同面对。

I Do 说

造化一事最为弄人。人生往往是由无数次或大或小的破碎组成的，在那些生死当前的至暗时刻，最能显出爱侣的担当。

“不离不弃”四个字，是所有类型的情意中，最掷地有声的一种。当千帆过尽，我们总会想起，在黑暗中从不曾放开的那双手，传达出身边这个人心底的温度。脉脉含情，正如遮眼浮云散去，天晴月圆。

当医生都要放弃时，爸爸选择从死神手里抢回妈妈

主人公

妈妈 1969 年生，爸爸 1968 年生

小西瓜仙儿，上海

“你自己选择救还是不救，救活了可能也是植物人了。”

“救！一定要救，要用最好的药！”

我爸坐在手术室外楼道的地上，双手捂着脸，全身止不住地抖，平时挺高大的男人一下子矮了很多。

01

1999 年年底，到处是迎接千禧年的气氛，所有人满怀期待地预备跨入 21 世纪。那天我妈照旧到大洋百货上班。年关了，商场人挤人很热闹，我们怎么也想不到，在那么寻常的一天，她竟然意外从三楼跌落。

在医院，我爸没法多想，脑子里只有一个念头：把我妈从鬼门关拉回来。

随后是时间凝固般胶着的等待。

我妈活过来了，但是因为脊髓损伤，下肢瘫痪了。但对于爸爸来说，这已经是个天大的好消息，至少保住了我妈的命。

家里人和我还没有来得及陷入这样的悲痛中，我爸就妥帖地安排好了一切。他把我寄养在外婆家，每周两次带我到医院看望我妈；业务员的坐班工作让他无暇顾及我妈，就干干脆脆辞了职；因为妈妈单位迟迟不肯赔偿，医药费欠了很多钱，他做好了支付医疗费的长久打算，把可以借钱的门路摸了个清楚。

他说至今都记得，最难的时候和表弟去吃饭，只点了一碗面，而他什么都没有吃。也因此，我爸做了一件让我一直以来都深以为傲的事——他白天照顾妈妈，晚上自学法律，连打了十几场官司，终于拿到了赔款。

我爸在这件事上，做到了一个实至名归的“一家之主”。最苦的那段日子，我没有受到太多影响，因为我爸从那时候起，什么都给我们最好的，他说不能亏待我们。

02

那时候我乖乖待在外婆家，不敢对骤然而至的变故和周遭人的询问做过多的猜想，只疑惑生活为何突然变得辛苦，明明从记事起，我们一直都是幸福之家。

我爸常说我是他的贴心小棉袄。只可惜，贴心的小棉袄难敌牵肠挂肚的心头肉。我爸有一块非常漂亮的玉貔貅，收藏在抽屉深处的一个精致绒布小盒里，玉体浑圆、线条流畅，或深或浅的翠绿交融在一起。那是我贪玩的时候发现的。年幼的我不懂玉，只觉得漂亮极了。一天我正拿着它玩，却被我爸一声喝住，吓得我以为干了什么坏事。他把玉抢了回去，小心翼翼地放在手心里检查了一遍才放回盒子里去。

他说这块玉是妈妈送给他的定情信物，玉能护人，妈妈要他佩一块傍身。这块定情玉，他从十几年前就戴着。

那时候，爸妈上学会走一段相同的路，我妈说经常在这条路上遇到我爸，他大多数时候都骑着一辆二八单车，后座上载着我姑姑，车链条被快速带动而发出嗤嗤的声音。他起晚了，急匆匆地往学校去。后来，我姑姑嫁到外婆家附近，我爸开始隔三岔五地过来，以借书为由争取和我妈见面的机会。

那时候早恋是个天大的事儿，但我爸寻摸了一个正当理由。我妈不擅长文科，而我爸文科的成绩很好，他以辅导我妈的历史功课做借口，光明正大地往外婆家跑。

这是我爸的“智慧”。

03

20 世纪 80 年代的上海，正大踏步地走向繁荣鼎盛，夜上海更是灯红酒绿，人头攒动。这个时期的青年男女，开始送爱侣鲜花，电影院也是他们常去的约会场所。我妈说我爸不懂浪漫，不送花，不约她看电影，但是他会早早地备好现做的豆浆油条给妈妈送过去。立夏的时候，老上海晒得吓人，他给我妈买雪糕，咬一口，暑气就消了大半。逛累了，他就买来生煎，连脆皮一起咬下去，汤汁在嘴里溢开，最能带来幸福感。要是太烫，他们就干瞪眼，憋着笑呼气，话也说不出来。

针对我妈控诉他木讷这件事，我爸回应：“送花不如送生煎，生煎还能吃饱。”

我爸这么多年一点儿“长进”都没有，一直将送吃食的习惯延续到现在。即使他外出和朋友聚餐，也会给我妈带一些夜宵回来，就那么高高兴兴地码在茶几上，再洗刷杯子，把饮料或茶水备好。就算我妈在气头上，他也风雨无阻，因为一看见香喷喷的炒面、汤包她的气就消了。他深知我妈的脾性，不管有理没理，每次都这么干，屡试不爽。

也有例外。

有一天他们逛街时走到了售卖戒指的柜台，我妈看到一枚戒指很是喜欢。我爸看出来了，说："你试试。"

"试了你也不给我买。"我妈没好气地说。

"你先试试看好不好看。"我爸憨笑。

这只戒指我妈戴着刚刚好，我爸豪爽地对服务员说："就这个吧，买单了。"妈妈的少女心得到了极大的满足。

我妈不能走以后，我爸从来没有停止过给她做康复训练。起初的一年，我妈只能在床上躺着，他寸步不离。后来两年、三年、四年……从我妈艰难地站起来，到可以独自使用学步器走路，都因为他的坚持。

04

妈妈出事，就像他的人生骤然变轨，但他能顺势而下，沿路栽种新芽，只希望岁月轮转，最终还是这个女人陪他继续看嫩芽新长、茂叶飘扬。我不奢望父母给我多么坚实的经济基础，提供多好的教育机会，但是他们的不离不弃，给我的人生做了最好的表率。我妈说，喜欢一个人就要坚持到底，像他们一样。

我和老公也从校园恋情走过来，他高三去当兵，那时我们保持着每周通一次电话、每月一封信的频率。我们已经步入婚姻，这份爱盛放至今。

虽然现在我已经成家，父母的年纪也渐长，但他们的二人世界仍旧非常稳固。

有时候他们俩自己收拾行李，只跟我打声招呼，就四处旅行去了。别人都说我妈妈行动不便，出去旅游多费劲！

爸爸说："行动不便又不是寸步难行，你们花时间游玩，我们就花时间看沿路风景。"

有时候吃过晚饭，他们一个人提议出去遛狗，一个人迎合。狗遛两回的时间都过去了，也很难见他们回来，他们好像有很多说不完的话，还得挑着他人不在的时候说。

还有些时候，他们只是坐在广场花坛边上的长椅，没有什么着急的事情去做，没有什么话着急去说。从背影望过去，他们只是一对小老头小老太太，不疾不徐，享受着两个人的余生。

选择艰难爱情的理由

20 reasons to choose tough love

确实是这样的，在不可抗力的困难面前，

选择离开，生活会立刻变得轻松，

却偏偏有些人选择了和恋人钉在一起过艰难的日子。

他们因为什么理由做了这样的选择？

你会怎样选择？

我们曾是一对不被父母祝福的恋人。
恋爱两年后，互相见父母，竟被两边家长同时否定。他爸妈嫌我是单亲家庭，我爸妈嫌他家的出身。
我妈竟然演起了以死相逼的戏码，一把鼻涕一把泪地控诉她一个人带大我有多不容易。
唉，没办法，我俩只好转入地下。
接下来三年，我俩各自被父母安排了无数场相亲，为了保护地下恋情，我们放弃抵抗，全部接受，只是在每次相亲后都搞砸。
苦吗？很憋屈。这个年代了，又不是婚外情，却不得不偷偷摸摸的。但是为了长远的目标，这些都得忍。
消极抵抗了三年，其间他带哥们回家，表现出亲昵的样子，害他爸妈怀疑他是同性恋。进而觉得娶个单亲家庭的姑娘，也没有那么不能接受了。
我 32 了，我妈不敢耗了，对我说，随你的心意吧，我管不了了，只要你喜欢就行。那一刻，我泪如雨下。
2018 年劳动节，我们结婚了。

1 @ 济南杉菜

2 @ 崔 Cui

异地三年，我在澳洲，她在北京。
那是我要回澳洲的前一晚，我陪她散步，走了很久很久。
到她家门口的时候，她突然哭了，而且越哭越伤心。
我问她怎么了，她刚开始什么都不说，直到后来，她才带着抽泣，小声说，“不想你走。”
简单的一句话，我的心都碎了。决定以后一直要陪在她身边。

我们每周末一次雷打不动的二人烛光晚餐，已经保持了 9 年。
因此，我俩对城里的浪漫餐厅简直如数家珍。
中间有两年，他创业的公司倒闭，投进去的积蓄全赔进去了，日子骤然变得拮据。

我俩划掉了大多数消费项目，一整年没有添置衣物，没有外出旅行。只有每周一次二人外出晚餐这一项，我俩共同决定保留。
那样烛光摇曳相对而坐的夜晚，我们手握着手，互相打气说，一切都会好起来。
真的，都好起来了。

3 @ 随顺

4 @ 萌萌

先天的小儿麻痹注定了我只能在轮椅上度过此生。不忍让家人背着我沉重的命运，于是自己开网店卖衣服，居然做得红红火火。

他是我在网上聊天室认识的。初次见面，他人聪明又踏实，而他说我给了他他一直在寻觅的温暖的感觉。

结婚后，因为我的身体状况，医生说要孩子会有危险。他是孤儿，我觉得领养一个孩子对他太不公平，于是赌了一把。也许上天听到了我们的祈祷，将一个可爱的小男孩送到我们的生活中。
也许每个人都是残缺的，但相遇到一起，便拥有了完整的幸福。

朋友介绍我们认识时，她在成都上大二，我在西昌卫星发射中心当研究员。

虽然都在四川，但坐火车要坐一晚上才能到，而夏天发生泥石流的时候，火车还常常“罢工”。卫星发射工作很忙，又是部队编制，常常几个月休不了一天。

只要有假，我就抢票坐一晚上去看她。这次操办婚礼的14天婚假，居然是我们至今相处最长的一次……虽然不知还要多久才能厮守在一起，但爱是一种心底的感觉，一想到就让人满足和充实。

在部队的集体婚礼上，她在我耳畔呢喃：“不管多久，我等你。”

5 @康

6 @静宜

我们都在铁路上工作，因为车次不同，我们碰面的机会少之又少。常常是他回家了我已经走了，就算同时到家，团聚不了几天其中一个人又要赶紧走。

我们将家里需要办的事情，对彼此的牵挂和思念都写在了纸条上，放在回家一进门就能看见的位置。

“昨晚在列车上没合眼吧？我看你睡在沙发上，好心疼。我给你熬了冰糖雪梨汤，醒来记得喝，我先出乘去了。”

后来为了方便保留，纸条换成了笔记本，这一写就是20年。虽然现在微信交流很方便，但每次踏进家门的第一件事还是看笔记本上有没有什么交代，看完了心里才踏实。

村子里一直都奉行同姓不结婚的宗旨。他们不相信科学，只认同姓的都是兄弟姐妹，绝不联姻。
偏偏我和他就同姓，但是没有任何血缘关系。即便这样，跟父母提出来的时候我们都小心翼翼。
他们毫不留情地反对，用了一切手段，甚至扬言结婚就断绝关系。
后来村子里接二连三地有人来劝，软硬兼施，但我们都不肯放弃。
他比我强硬，更是一个信奉婚姻自由、恋爱自由的人。对自己的父母不放弃表达自己的态度和想法，对我的父母能分担的事从不推脱。
可能时间真的会冲淡一切，他们不再把目光放在同姓这件事上，能听进一些科学依据，能慢慢接受一个有担当肯吃苦的人。
最终我们才能在父母的祝福声中走入婚姻，现在我们正养育着两个可爱的孩子。

7 @饭饭

8 @ Aimme

我是一名护士，查房时看到了这样一对小夫妻。
病房里，她把病床升高了点儿，开始一勺一勺地给他喂饭，氧气管横着碍事，每一口饭都喂得小心翼翼，绕过氧气管，送到男友嘴里。
吃完饭，她又开始张罗着给他洗澡，接来一盆热水，用热毛巾一点一点地擦。“放心，擦了就不生疮了。”
今年 27 岁的他得了肾衰竭，是这个病房里年龄最小的人。她和他年龄相仿，两人准备领证的前几个月，他在体检时发现了自己的病。
他住院一年多来，她上百条微信记录着他的“抗病”生活，说自己最大的心愿就是能在病房和他结婚。不像其他年轻人爱得张扬，他们的爱低调中包含着坚定，万千情话在陪伴前黯然无光，一切病痛和时间都在天荒地老的爱面前失去了意义。

第六篇
PART 6

还有什么理由不相信爱？

爱，到底是什么呢？

年轻人说，爱就是克服引力，用尽全力拥抱。

父母们说，爱就是两个人一起吃很多顿饭。

爷爷奶奶说，爱就是我们两个人这一生。

年轻人总以为他们的长辈不曾有过爱情，只有父母包办，门当户对，时势使然。

事实上，无论在什么时代，从来不缺将爱情演绎到最极致的人。

有人在时代的洪流中，始终不放开握紧的双手；

有人在记忆空白的时刻，矢志不忘爱里的每个细枝末节；

有人告诉他的妻子，爱是什么，我用一生回答你了。

……

这些老人想跟你分享，爱不是任何道理，也无人能对你说教。

爱是什么，请用一生来体会吧。

I Do 说

总有一些人的爱情，是颠扑不破的，在“不可抗力”的命运面前，仍然顽强地生存，即使前途渺茫，人世间兵荒马乱，他们仍能在贫瘠的大地上，栽种出最美的玫瑰。

他们说了，他们爱了，誓言出口，用一生践行。

一封感人至深的匿名来信

主人公

爷爷 1942 年生，奶奶 1945 年生

静待，河北唐山

亲爱的 I Do：

你好。

我未婚，并没有买过 I Do 的钻戒，但我一想到婚戒，I Do 就是唯一的选择。

2016 年，我的爷爷去世了，他离开时正好是和奶奶的结婚 50 周年。我从小在爷爷奶奶身边长大，他们给了我最好的爱，我却从未回报过他们什么。曾经想过在他们金婚时送给他们一个惊喜，由于爷爷的离世，这个惊喜也没能兑现。

一次偶然的机会，我参与了 I Do 的爱情故事征集，上传了爷爷和奶奶的爱情故事。我是他们生命的延续，我想让大家知道他们的爱情有多美好。那一次，我有幸获得了 I Do 赠送的热气球项链。我把它送给

了奶奶，她很不好意思，我告诉她：有很多人都在祝福你呢。

奶奶现在状态还好，还是会在晚上穿上爷爷给她买的舞蹈服去小广场跳舞，尽管身后没有了爷爷珍视的目光，奶奶仍然好好地过日子。人们都说，能在晚年安安稳稳地去跳广场舞的老太太，都是有福气的。的确，外人也都觉得奶奶有福气，爷爷很优秀、很帅，看起来也比实际年龄年轻很多，他让奶奶无忧无虑地过了后半辈子。但只有家里人知道，奶奶当年的不顾一切，才是她这些福气的根源。

爷爷奶奶出生于同一个小村庄，青梅竹马、两小无猜，长大后互生情愫。但到了适婚年龄，两个人的恋情却遭到了奶奶家人的强烈反对。爷爷年轻时因为种种原因被调离了体面的教师工作岗位，处在一无所有、备受打压的境地里，前途茫茫没有定数。那样的时代，在世俗看来，跟着这样的男人过日子，绝无可能获得幸福，甚至有可能赔上大好青春换来满身风雨。

被锁在家中心乱如麻、犹疑不定的奶奶，收到了爷爷托人递来的一封信。拆开，是厚厚的一叠纸，可每张纸上只有一个笔画，或撇，或横，或竖。她费尽心思，把每一个笔画组合起来，是一句话“我们俩的婚事还算数吗？”

奶奶心中已有答案。她逃出了家门，疾奔至爷爷家，急急地敲开门，看着爷爷疲惫无望，既愕然又惊喜的脸，也只回答了一句话：

“放心，我定不负你。”

只用了 15 天准备，爷爷奶奶就以十万火急的速度结婚了。或许是折服于奶奶的坚定，家里人没有再说什么，而是选择了默默地支持。

后来很多次听奶奶讲起这段惊心动魄的求婚往事。奶奶说从前没有想过要怎么被求婚，但她想，这个求婚的人至少不会被所有人不看好，至少可以在结婚后一起过平淡的生活，不会那样轰轰烈烈。自己明明之前被迫拒绝了爷爷，可不知道哪来的勇气，又在一起了，一过就是一辈子。爷爷“心机”太重，只靠一封信，就把奶奶娶到手了，奶奶真好骗。

我知道，她是很开心的，因为她一直被坚定地爱着。

爷爷从一无所有，到凭借自己的努力终于有所成就，用日复一日直到生命终结的绵长爱意，最终证明了奶奶当年不顾一切的选择是对的。

50 年来，他们的日常生活很平淡，却用细水长流的方式，活出了爱情最美的模样。爷爷会把任何事情安排的妥妥当当，跟爷爷在一起，奶奶什么都不用想，什么都不用做。爷爷都会为她准备好，小到一日三餐、洗衣做饭，大到人际交往、经济账目，都不用奶奶操心。奶奶说她这后半辈子，甚至不需要自己出门买菜。

晚饭后，奶奶去小广场跳舞，爷爷不放心奶奶一个人出门，总跟在身后，在不远处看着。爷爷给奶奶拍了各种角度的照片，像是透过镜头在看稀世珍宝。

爷爷经常带着奶奶去旅游，带奶奶走遍了大半个中国。一次爷爷带奶奶爬长城，奶奶有点儿害怕，爷爷拉着奶奶的手告诉她“别害怕，慢慢走起，我扶着你”。奶奶说，爷爷当时特别温柔。尽管奶奶还是没有爬上长城，但那是一种宠爱，他用自己的方式，把奶奶宠成了“小公主”。

前几年，爷爷出差回来，从包里拿出个小礼物递给了奶奶，说“给你买了个戒指”，奶奶没说话，只是看了爷爷一眼。他们什么都没有说，却十分美好，那一幕我铭记至今。那是一枚普通的金戒指，只有极少的花纹，却有着厚重的分量。奶奶把它包裹在手巾里，时不时会拿出来，戴上老花镜，对着阳光端详和摩挲。她还唠叨过，当我出嫁的时候，用这枚戒指，给我做压箱底的嫁妆。

两年前，爷爷病倒了，病得很重。他去省城做手术之前，我们在门口送他，我不知道此次分别的意义。我站在那里看他，爷爷对我说，让我好好在家，等着他回来。我没料到，这一次，他没能回来。

爷爷走后，奶奶一下子苍老了很多。以前，她身体健硕硬朗，还能上山采野菜给我们做饽饽吃。这两年，她腰不好了，走路也比以前迟缓了很多。

我知道，奶奶过得不易。爷爷走后，她承受了比我们每一个人都更深的思念，却努力地把笑容和阳光带给我们。所以我每逢假期，第一件事就是坐火车回家陪奶奶。大三暑假，春去秋来，爷爷亲手种的葡萄树又结满了丰美的果实。73岁的奶奶正弯着腰，在鸡窝里掏蛋。听见我行李箱轱辘的声音，她缓缓地转过身来，满脸是笑。

奶奶的床头是一本翻开了的泛黄相册，年轻的爷爷穿着一件洒脱的白衬衫，一口耀眼的白牙，一脸爽朗的笑。

爷爷在世的时候，曾许诺奶奶带她去坐热气球，却没有实现，留下了永远的遗憾。当我收到 I Do 赠予的热气球项链，想到这个未完成的诺言，突然泪流满面。

这是我送给奶奶的第一份礼物，是 I Do 给予我的，它实现了我从小到大的愿望，是一份幸运，是意外之喜，更是爱与生命的延续。它无比珍贵，对我而言意义非凡。

感谢爷爷奶奶让我看到了世间最好的爱，祝好。

静待

2018 年 8 月

I Do 说

爱有时无须付诸言语，更不必流于表面。真的爱，渗透于生活的每一个细节，用每一次微小的关怀，每一个在长久相守里形成的习惯与默契，不疾不徐地攻陷心房、深深扎根，让两个人真正地彼此亲近与信任，不可动摇。未被表达的爱，未必不是爱，只要对方为你有所行动、有所担当，你定会感觉到，爱如风入空谷，必有回响。

爷爷忘了一切，
唯独记得奶奶爱吃青苹果

主人公

奶奶 1936 年生，爷爷 1932 年生

王慧宇，吉林长春

乡下的风，卷着天边的浓云。许多个暑假，我都在奶奶家度过。

蝉鸣又起，爷爷和奶奶又在嬉笑拌嘴，院里的老树又结了新果……多少年走过，一切都没有改变，这里仿佛有个永恒的夏天。

永恒？我们这代人好像难以相信永恒。在如此充满机会与诱惑的环境里，爱情很难只给一个人，没有变动。

大三那年暑假，我再次失恋了，回到了那个有着“永恒夏天”的乡下奶奶家，疗愈自己。

01

20 岁的时候，我以为爱情就是甜言蜜语。

我当时的男友是在社团活动中认识的，他温和稳重，近乎木讷，典型摩羯座的他，从来不像别的男生那样懂得如何讨女孩子欢心，几乎没有明确地用语言表达过“爱”。

我总是想，你不说，我怎么知道你爱我呢?
可他就是不说。

那个连空气都是苦涩的夏日午后，奶奶斜靠在庭院树荫下的摇椅，摸着我的头发说：“我孙女是不是有心事呀，搞对象了？”

我从沉溺的心事里惊醒，有些害羞又觉得难过：“奶奶怎么知道的呀?之前是在谈恋爱来着，不过现在失恋了。”

奶奶睁开微闭着的眼睛，怜惜地看我：“怎么不成了呢？”我忿忿然：“我觉得他不爱我，他从来都不说自己喜欢我。我舍友的男朋友，每天都要和我舍友黏在一起，还在朋友圈秀恩爱。可他呢，就知道待在实验室，问什么都闷着不吭声，气死我了。”

奶奶乐呵呵地拥住我，手在我背后一下一下地抚着：“别人心里有没有你，不要看他说什么。你小时候总说爷爷大嗓门，说他凶，可你爷爷的心里可是最惦着俺的。”

02

爷爷和奶奶的故事，我多少知道一点儿。

奶奶有个不幸的童年，从小她的父亲就离世了，母亲带着她改嫁后，又生了一堆弟弟妹妹。在那个青黄不接的年代，家里难以养活这么多孩子，奶奶在 8 岁时就被送去爷爷家做了童养媳。

爷爷小时候是个很俊的孩子，少爷脾气的他很是淘气，总喜欢欺负一些老实的小伙伴，但他对奶奶总会收敛脾气，显得特别小心翼翼。

那时候爷爷管奶奶叫妹妹，有什么好玩的、好吃的都偷偷留着给奶奶，还曾为了摘树上的果子给奶奶吃而摔伤了腿。奶奶也非常喜欢这个哥哥，她说只要爷爷一穿白衬衫，她就不敢看他，因为羞涩的脸红总是将她的心意展露。

奶奶还总念叨着，有一回下雨天，她在路上滑倒摔破了膝盖。爷爷当时也没多大，用小小的身躯二话没说就扛起了还是小丫头的奶奶，就这么一步一步地走了三里地，把她背回了家。为了安慰哭泣不止的小丫头，爷爷不知道从哪儿变出来一颗青苹果。奶奶每次说到这个桥段，总是笑眯眯的。

爷爷给奶奶的青苹果，是她这辈子吃过最好吃的一颗。

03

奶奶一直认为自己的婚姻是最幸运，也是最幸福的，尽管我能从那些泛黄的黑白照中窥得他们有过爱情的样子，但我始终觉得，他们之间，早已是风景看透后相濡以沫的亲情。

那时候的日子并不好过，人们很难在温饱线上挣扎时还能制造浪漫，爷爷和奶奶半生都是互相搀扶着走在风雪交加、泥泞满地的人生路上的。

大伯、爸爸、三叔依次出生后，奶奶又生了姑姑。可惜姑姑在三岁时就病逝了，奶奶责备自己没照顾好女儿，成天精神恍惚，总说窗口那边有个小女孩在叫她。爷爷承受着丧女之痛也非常难过，但更怕奶奶因此出什么问题，一咬牙带着全家人从生活了很久的地方，搬到了现在的院子，一住就是半辈子。

他们口中讲述的生活，大多是一地鸡毛。像是爸爸小时候生病，为了给爸爸借钱治疗，全家都挨过饿的事；又像是大伯不去上学，气得暴脾气的爷爷砸坏了家里为数不多的家当的事；再有三叔淘气总惹祸，爷爷奶奶押着他到邻居家赔礼道歉的事……

好像他们的青春都献给了孩子，那些本该年少轻狂的好日子，都在孩子们不断的出生和抚养中过去了，自己的人生应当是什么样的并无所谓，只要拉扯大了孩子，就是值得一生炫耀的功勋。

但奶奶讲得越多，我就越意识到，在他们心中，似乎确实他们彼此才是那个生命中最重要的人。爷爷总会记得把好吃的留着给奶奶，奶奶总会等爷爷回家再开饭。奶奶摔伤的时候，看起来很凶的大嗓门爷爷没日没夜地照顾了她三个月，包揽了奶奶的病中护理和所有家务，直到奶奶好痊愈了才允许奶奶进厨房。

爷爷因脑血栓住院，奶奶日夜守着。爸爸兄弟们去轮班，奶奶也不愿离去，嫌孩子们大大咧咧不会照顾人，把孩子们都赶走，独自守着老伴。

二老都说，一家人都平安、健康、吃饱穿暖就是最大的幸福。我想，也许奶奶口中的爱，就是这样互相惦念，相依相伴地同路走很多年吧。

我有些豁然开朗，爷爷奶奶的故事刷新了我对爱情的理解。我小声问奶奶："您的意思是不管爷爷看上去有多么凶，但您懂他心里对你的爱？"

奶奶轻轻拍拍我的手背，欣慰地点点头说：

"生活不是靠眼，生活是靠心的。别人爱不爱你，他对你好不好，你自己最知道。你看先前，都说你爷爷糊涂了，有时候认得我，有时候不认得，大小便也不灵了，可他每天都跟我可乖了。他知道心疼我，每天只要是我做的菜，他都吃，我每天给他换上干净衣服，他也乖乖配合。生病以后，他比之前更懂事了，对我更好了，你爷爷一点儿都没糊涂，总是说让我少干点儿活吧，多吃点儿饭吧，躺躺歇歇吧。"

"原来爷爷对您这么好啊！"

"是呀，他哪里糊涂！我们小时候的事儿他记得清清楚楚。那天你爷爷悄悄跑到菜园子里，爬到树上摘了一颗没熟透的大苹果下来，还把衣兜给弄脏了，哎哟，给我气得……我问他：'你摘果干啥？'你爷爷当时说了一句话：'果子是留着给你吃的，妹妹吃……'"

心里有你的人，忘了什么，都不会忘了你。哪怕性子怪点儿，他对你怎么样，不用别人说。

奶奶不懂你们这些小年轻的情呀，爱呀，只要记住一件事：人家心里有没有你，你不能用耳朵听，不能用眼睛看，你得用心想想，他到底是怎么对你的，你跟着他又求什么。"

04

奶奶说得累了，又慢慢躺在摇椅里眯瞪着眼睛摇扇子。我安安静静地坐在一旁，想着和男友一路走过来的点滴：

他不是个愿意迁就我的人，考试周时舍友的男朋友还陪她打游戏，而我的男朋友，每天准点抓着我去上自习；

他不是个很会说话的人，就连向我表白都是用老掉牙的方法，手写了情书托室友送我；

他的确也不算一个甜蜜又浪漫的人，在我生理期时红着脸到教室门口给我送红枣姜茶，送到我手里不打一声招呼就跑；

他更不是一个很会表达爱意的人，却在无声无息中，把甜言蜜语化作一举一动说尽了。

那天我给男友打电话道歉，求复合，他欣然同意。

挂掉电话，我坐在夏夜的晚风里傻笑，我想我再也不能因为自己而误解了爱情，错怪了爱我的他。原来爱，正像每个这样燥热的夏夜吹着的风，不着痕迹。

I Do 说

真正让人动容的爱情，或许从来都不需要惊心动魄的情节。

那是两个人在漫长的岁月中，能一起战胜寒冬凛冽，也能一起熬过平淡无聊的勇气；

是认定了一生所爱后，如高山大川般绵延不绝的扶携；

是日复一日、年复一年，将人生中所有的温柔目光只投向一个人的坚定。

往后余生——花鸟风月总关情，万物生长皆是爱；衷情永笃，你即万物。

爱是什么？我用一生回答你

主人公

外婆 1938 年生，外公 1937 年生

Sandy，上海

外婆一直对着门口的方向，睡意昏沉，等着熟悉的佝偻身影推门进来，唤她："老太婆，起来吃饭了。"

我们都背过脸去，几乎绷不住眼里的泪，怎么都拿不出外公最后的来信。

因为我们无论如何也开不了口告诉外婆，她再也等不到了。

01

今年三月，外公摸到脖子上有肿块，没有打扰外婆，自己平心静气地到医院检查。

癌症晚期。

从肺扩散到淋巴。

外公很看得开，气定神闲地安排了一切，让外婆住进了养老院，自己去住了院。外公很清楚自己的身体状况，在子女面前一直表现得心态平稳，只有提到外婆时，他老人家会红了眼睛。“我都是 80 岁的人了，什么坏事也都该来了，唯一不放心的就是老太婆。”外公独自一一安排后事，除此之外便是每天絮絮叨叨地找养老院的护工聊聊应该如何照顾外婆，恳切地请他们多担待外婆的坏脾气。

那时外公还有余力看望外婆，他在养老院握着外婆的手，对外婆说：“以后脾气要小点儿，不是所有人都像我这么惯着你，我要在医院多住一段时间，你要好好照顾自己。”

外公住院一周，家人帮着让外公和外婆视频通话，外公在屏幕那头，老泪纵横：

“好几十年了，第一次分开这么长时间，想死了。”我们这些在场的儿女子孙，没有一个不动容落泪。

6 月，外公的状态已经是一天不如一天，疼痛和呼吸困难让他每天只能睡一个小时。黄豆大的肿瘤已经从喉部扩散到肩膀，再到背部，压迫着呼吸，也压迫着血管，外公靠着利尿来消肿。或许是知道自己大限将至，却有太多的话和情意没能尽早传达，外公开始忍着病痛给外婆写信，再由我们读给外婆听。

外婆的智力在慢慢退化，她只知外公让她好好照顾自己，不知道外公的病情有多严重，只觉得应该好好保重等外公回来。听到外公的来信，脾气急躁的外婆都会异常安静，脸上现出祥和安宁的神色，仿佛陷入了某种久远的记忆，又似乎是在期待，期待那个熟悉的佝偻身影，从门外转进来，手中端着她爱吃的食物，笑嘻嘻地唤她老太婆。

02

外公这辈子没有对外婆许诺过任何漂亮话，却把一生中全部的温柔都给了外婆，细密地织成一个恒温的茧，将少女时代就跟定了他的外婆包裹在其中，始终全心呵护。

外公娇宠了外婆一辈子。此前，外婆中风瘫痪在床十多年了。最开始，家里请了保姆照顾，但是外婆到老还是个小孩脾气，一年气走了五六个保姆，外公索性大手一挥，做主不请保姆了，由外公全天照顾。

外公还笑眯眯地对全家人说：

“除了我谁都摸不清老太婆的脾气哟。”他对这事儿还挺骄傲！

外公和外婆一直住在小镇学校的教师宿舍楼里，神仙眷侣似的，仙气十足，谁也不搭理。

家里曾经跟他俩商量过，想把他们从教师楼接到城市里，跟家里人一起住。他们怎么也不肯走，说他们两个在那里相识相知，老朋友们也都在那，故土难离了。老的教师楼没有电梯，外公也没法时常带外婆下楼转转，两个人就守着家，也守着彼此。

从前的外公是个很有生活情趣的人，喜欢打打牌、钓钓鱼，也很喜欢出去旅游，自从开始全天候照顾外婆，外公也成了全职宅男。他告别了所有文艺老年的自我追求，每天的生活就是出门买菜、做饭和守着外婆。

那十几年，老两口每天在家唯一的娱乐项目就是看电视，这是身为后辈的我们这一代人很难想象的生活，我们看不到这其中有任何的乐趣，他们就这样过了十多年，乐此不疲。

孙辈也都到了适婚的年纪，没有哪个不羡慕外婆嫁得好。

外公娶回了外婆，让她过上了“衣来伸手饭来张口”的日子，从少女时代到银丝成雪，从未受过一天委屈。外公全权接手外婆的护理工作后，更是乐得每天悉心照顾，仅仅是偶尔盼着子女回家的日子，其余时间统统将我们抛在脑后。

外公每天都要给外婆准备药，外加每天一碗五谷粉，每种谷物都要记得清清楚楚分毫不乱。日子久了，外婆倒是看着面色红润，身体很硬朗，外公却是肉眼可见地背也驼了下去，牙齿也掉光了。

家人都心疼，劝他不要这样辛苦自己，他却嬉笑着嚷嚷：“这下我老头子也能换一口新牙咯。”

15 年了，说来这样的日子也算安稳。

直到今年，一切平静戛然而止。

03

在 6 月一个平淡无奇的夜晚，我们从外公手中接过了他最后的来信。

老太婆：

我这次已经住了二十多天的医院，这二十多天没有哪天不想念您，担心您的病，担心您今天过得好不好，开心不开心，今天是否有儿女来看过您。

我这次住院，还不知住到何时，望您别为我担心，我会照顾好自己。

生病无聊，为了打发这时间，就用写信的形式跟您认真地谈谈心吧。

我们俩经营这几十年的婚姻是成功的，这有您的功劳，也有我的功劳。我们在坎坷的岁月里，走过了艰难的日子。有人要压榨我们、陷害我们，我们都一一同他们战斗过来了。现在我们老了，病魔又找上来了，这是难以预料的。您这病到今年也 15 年了，这十多年我为您的病付出了一些精力和时间，我觉得都值得，这是我应该做的，您一定不要责怪自己。

老太婆，我对您的付出就希望您每天过得开开心心，这是我的真心实意，希望您不要辜负我这番心意。另外，这段时间没陪伴您，您心中有什么怨气，可以对养老院的人发，也可对儿女们发，不要闷在肚子里，他们不会生气的。

另外，每餐都要吃饱，有什么就吃什么吧，要想吃点儿别的什么，也可以叫他们做好给您端来，需要什么东西告诉给三妹，她会尽责的。

再次请求您，您一定不要为我担心，只要您开心，我也就开心了。

2018 年 6 月 3 日

04

几番挣扎，我们还是把这封“最后的情书”交到了外婆手中。

外婆异乎寻常的平静，甚至没有哭，只是一遍遍对我们说：“哭就是跟自己过不去。”子女都惋惜二老没能见到彼此最后一面，外婆沉默了很久，“也挺好，我见他最后一面的时候，他还好着呢。”那话说得很囫囵，轻轻巧巧地飘在房间里，却重重地在我们每个人心上钻了洞。

不出意外，外公的葬礼，外婆并没有出席。她的身体越发差了，也不再能记得大多数的事，唯独子女向她描述的葬礼的细节，她能对护工和前来看望的亲友一五一十地复述出来。外婆不再愿意让我们多到养老院去了，我见过外婆为数不多的几次，门都关得严严实实的，不再大敞着。

她似乎始终是那样，好像是睡意昏沉的样子，眼神却执拗地盯着门口那道狭小的缝隙，枕边放着外公最后的来信，已攥得皱皱巴巴……

爱是什么？

What is love ?

爱的定义，

是一部部人们用生活编写成的字典，

爱的经历越多，爱的释义就越是丰富。

拥有不同爱情履历的你们，都是怎样定义爱的？

外婆今年 88 了，身子骨不错，很会保养。
外公走了 32 年了，每年她都去给外公上坟，每次去之前都会精心打扮，甚至会为了上坟特意去买新衣服。
这几年我开始陪着外婆上坟。她在坟前有时候只是安静地坐一会儿，有时候会对外公絮叨："实际上，你比我大十多岁，现在我都这把年纪了，你的年纪倒不见长。"
外公离开得早，只留下一张黑白照片，时间久了照片越来越花，拿到照相馆也无法修复。
有一天，我看见她摸着那模糊不清的照片说："你走得早，孙子孙女你都没见到，现在照片也看不清了。我会好好活着，把你的那份也活了。"

1 @ 诗佳

2 @ 明明

我爷爷得了阿尔兹海默症，大多数事都忘了，只记得奶奶的小名。
奶奶不放心他出门，每次都跟着，半夜爷爷睡着睡着会坐起来发脾气，奶奶就搂着他像哄孩子一样："乖，你乖。"
我怕爷爷突然走，给爷爷奶奶拍了人生唯一的一套婚纱照。
拍照那天爷爷一个劲儿闹着要走，好不容易哄得他穿好礼服站在一起了。爷爷忽然严肃起来，问奶奶："这是做什么？"奶奶答"成亲呢。"
爷爷说："你听好啊，这辈子我都是你的人，对你好。"
这话和 53 年前他们成亲那天说的一模一样。拍照时，奶奶一直在笑着抹眼泪。

爸爸妈妈，年轻时总是吵架。

要强的妈妈对爸爸有很多嫌弃，比如说嫌弃他不善交际，不能左右逢源；嫌弃他赚钱少，买不了大房子；嫌弃他家庭条件不好，给不了他们帮助，还是个拖累。

妈妈 50 岁那年生大病之后，就放过了自己，也放下了她的那些欲望。

她自始至终是爱我爸爸的，因为他自立和能干。他是从最穷苦的山沟里打拼出来的，一天学都没有上却能写一手好字，他没学过拼音却自学输入法，对现代电子产品也驾轻就熟。

在我看来，他们比年轻时更相爱了。

他们教会我的是，爱一个人也要有初心，在生命的过程里，欲望会消灭初心，让人忘了爱。但是剥离了欲望，回归生活和自我时，爱才是最持久的存在。

3 @ sussi

4 @ Christina

四线城市，有一些比较乡土气的菜市场，还有赶集的风俗。

赶集时，有一些乡下的老奶奶会摘些自家园子的花儿来卖，我爷爷常常去赶集，每次都在同一位老奶奶那里买同样的花。

我陪爷爷去了一次，才发现那位老奶奶的样子，跟我奶奶有几分神似。那花是雏菊，是奶奶最爱的花。

奶奶今年去世第五年了。我才明白，爷爷一直在思念着她。

我上初中的时候，还没有手机。
有一次，我和我妈去逛超市走散了，我就自己结了账先回家。
一进门，我爸就问我妈去哪了，我没当回事儿地说，我们在超市走散了，我妈应该还在逛吧。
没想到我爸的表现简直像琼瑶剧一样，几乎吼着对我说，现在骗子和人口贩子那么多，你怎么能把你妈一个人扔在外面啊。
他穿上鞋就冲出门去找。
后来在超市隔壁的一家打折衣服店看到了我妈。我妈刚迈出店门，迎面就碰上我爸，还没来得及说话，就被我爸一把抱住，说吓死他了，怕她被拐卖了。
我小时候看到周围其他的三口之家，孩子地位是最高的，而我们家呢，我妈地位最高。
这一点我至今都很受用，也用在了自己的家庭里。
家庭序列，夫妻关系永远是最重要的，亲子关系排在其次。

5 @晓燕子

6 @ 雨露

我读研的校园里，有对老教授，爷爷是俄文专业，奶奶是法文专业。
听学姐们说，几十年来，他们每天晚上雷打不动地一起牵手散步。
有时候两人争吵，也是压低声音用英文争吵。
两人大半辈子都留在老校区里，在他们身上，看不到外面的世界变幻。
学校给分了更高级的商业住宅，他们不离开，就像海上钢琴师里的1903那样守着自己的船。

我小时候我妈妈身体不好，印象中总是生病，爸爸妈妈在村里收入属于偏低的，但却是最恩爱的一对。
爸爸后来对我说，年轻的时候，有过一次改变家庭经济状况的机会。

妈妈怀姐姐那年，爸爸的一位朋友来找他，说带他一起去做生意。这位叔叔很能干，那时刚改革开放，他做鱼苗生意，看中了爸爸年轻、爱学习，就想带他一起做。

定好正月初四在叔叔家集合，初五出发。
初四晚上，已经在叔叔家的爸爸，想到妈妈马上要生了，一时间打起了退堂鼓。

内心挣扎了一番后，爸爸连夜走回家。从此再也没离开过家门，和妈妈一心一意地培养我和姐姐。

农村人爱说“老婆孩子热炕头”的男人没出息。可是在我和我姐眼里，我爸是最有责任感的男人。是他的选择和坚持，给了我们一个充满爱的家庭。

7 @焕

爷爷家以前是地主，有钱有势，在我们那个小地方小有名气。用奶奶的话说，因为看上了嫁过去不用种地这点，便和爷爷结了婚，陆续生了三个孩子。

但是孩子还没长大，斗地主的运动就兴起来了。听我爷爷说，那天晚上一帮子人拿了一些家伙上门，打、砸、抢。

我们家没了一切贵重资产，只分到一小块土地。

爷爷凭借家里的旧关系在省会钢铁厂找了一份工作，奶奶独自在家带大三个孩子。下地干活，操持家务。对于一落千丈的生活，她只是承受。

半辈子过来了，爷爷退休回家，他们两人做饭、聊天、养花、种草，平平淡淡中看得出他们的满足。

我们现在爱说“最怕你一事无成，还安于平凡”。我想说，当最终一事无成，能享受平凡的可贵，也很动人。

8 @蓝帅气

爱的高光时刻

I Do 12 年，承蒙粉丝厚爱，举办过数百个活动。

有许许多多情侣在这些大大小小的场合中，与 I Do 结缘，

在 I Do 的见证下与 ta 拥有了爱的高光时刻。

我们很荣幸记录了其中的一部分，

还有太多没有被收录的 I Do 一刻，

每天都在 I Do 门店、I Do 线上世界和大小活动中上演。

不论你在哪里，I Do 始终守护每一对新人的幸福时刻……

辽宁省大连市，相恋3年

@ 周勋峰 & 王婧卓

北京，相爱 7 年

@ 王佳伟 & 李思蓓

@ 匿名

2016 年的七夕，I Do 发起了“牵你手，握紧爱”的活动，创意有趣的剪影装置，吸引了无数情侣前来表白，这个男生单膝跪地，握住女孩儿的手，定格了这一刻爱的画面。

2015 年 8 月 14 号的这一刻，他们分别在惊喜和紧张中缓过神来，深情地注视着对面这个即将和自己相守一生的人，而 I Do 见证了这幸福的一幕。

@ 朱咸虎 & 陈晨

@ 匿名

他牵着她的手，一路冲到终点，完成了那个约定。

“你敢追我吗？”她问。

“追到你，你就嫁给我！”

他说："娶你不是因为想结婚，而是因为我想给你一个家了。"

@ 匿名

@ 匿名

当气球雨落下，你愿意嫁给我吗？

Yes，I Do！

你说你喜欢小黄人，所以我把我自己变成小黄人，送给你！

@ 匿名

@ 项雨卉 & 贺伟琪

湖北武汉，相爱 2 年

他们带着 I Do 的 TOWER（塔）戒指，
去了浪漫之都巴黎。

@ 匿名

@ 徐国心 & 于方礼

山东潍坊，相爱 3 年

相爱4年，重庆

@ 萌萌鸡 & 达哥

@ 匿名

9月厦门的I Do门店，迎来一对年过七旬的老夫妇。今年是他们的金婚，老爷爷想用钻戒作为礼物，弥补当年对老婆婆的亏欠。老爷爷用厚厚的一沓现金付了款，攒了一辈子，只想给她最好的。

那一天，一直内向的我做了这辈子最勇敢的事儿——向你求婚。

@ 匿名

@ 侯先生 & 侯太太

江西上饶，相恋 6 年

2017年6月17日，在I Do X The Color Run（彩色情侣跑）北京站的现场，这个跑完全程的男生，穿着夜礼服假面的标志性长尾黑西服，在近千人的注目和漫天绚烂中用I Do钻戒向女友求婚。她最喜欢《美少女战士》，从此，他是她专属的“夜礼服假面”。

@ 夜礼服假面

@ 何先生

三万英尺（约9144米）高空的飞机上，广播开始播音：“女士们，先生们，今天是2016年10月31日，欢迎大家乘坐我们的航班，对于航班上的何先生来说，今天是深刻而又难忘的一天。因为此时此刻他将在我们客舱157位旅客和6位机组成员的见证下，向一位美丽的女士说出他爱的宣言！”

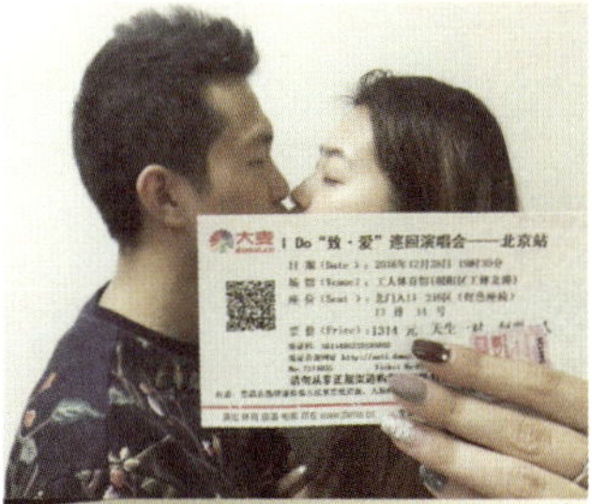

2016 年 12 月 28 日，
I Do“致 · 爱”巡回演唱会，
他们恰好买到了票价是 1314 元，座位号是 13 排 14 号的情侣票，刚刚结婚的他们选择了 I Do 作为婚戒，于是合影记录这珍贵的瞬间。

@ 匿名

@ 匿名

他们走进 I Do 店，买了一对对戒。他说，我这一辈子都没舍得给你买什么，我也想和你浪漫一次。

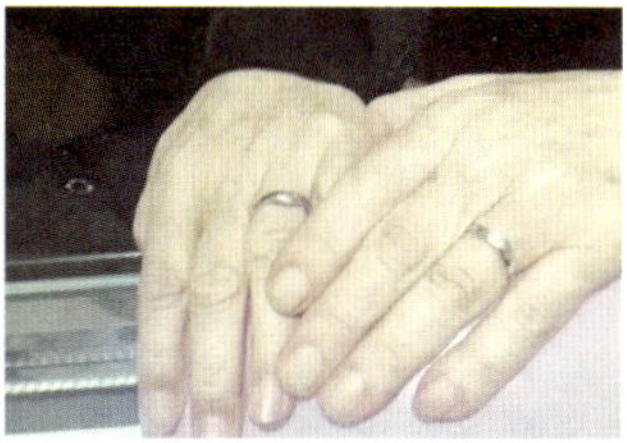

@ 匿名

@ 匿名

演唱会散场后，当所有人都离开了座位，有一对情侣对着主舞台 I Do 的广告牌合影，恰好被工作人员记录了下这一幕。

他说，要给她一个不能拒绝的理由。

演唱会上，当陈奕迅的《I Do》响起：“当陪伴变成老伴，我愿浪漫到永远。”大荧幕上定格了一对特别的情侣。

他说：“你愿意嫁给我吗？”她喜极而泣。

@ 胡松 & 马昕墨

@ 匿名

他选择了冰城哈尔滨最大的冰场，唱着她最爱的《一次就好》，单膝跪地，拿出了准备已久的I Do戒指向女友求婚，对于低调害羞的他们来说，这是一生最难忘的记忆。

北京，相爱 14 年

@ 宽宽妈咪 & 宽宽 daddy

@ 匿名

@ 匿名

@ 陈方平 & 李蕴仪

北京，相恋 3 年

北京，相爱 5 年

@ 孟夏 & 邸泽朝

@ T&J

湖北武汉，相爱 11 年

北京，相爱 1 年

@ 张远 & 李安冬

@ 匿名

北京，相恋10年

@ 金可涵 & 张鸣讯

@ 老熙 & 小莹

广东中山，相恋8年

普林斯顿

@ Patricia&Troye

@ 陈滢滢 & 李程远

北京，相爱 5 年

黑龙江哈尔滨，相爱5年

@ 赵玉娇 & 朱德强

@ 赵云 & 王依依

北京，相爱一辈子

@ 猪猪 & 幼稚鬼

江西上饶，相恋 6 年

I Do 爱的高光时刻，未完待续……

致谢

从 2018 年 3 月 23 日 I Do 发起第一次爱情故事征集至今，你们的故事陪伴了我们 328 个日日夜夜。你们有的人在这 328 天里恋爱了，领证了，举办婚礼了，有的人有了宝宝，办了百岁宴……

你们的故事呈现在有限的页码里，但你们的爱情将被 I Do 永远守护。

感谢这本书中的每一对爱情故事主人公，以及每一对参与了爱情故事征集的恋人，是你们的经历和分享，让我们相信了真爱，见证了真爱，更有爱的信心和动力。

感谢本书的每一位读者，这是 I Do 送给你们的爱的礼物，希望你们在这本书中，获得你们爱的勇气与决心。

感谢数百万 I Do 品牌的消费者，以及一直关注和支持 I Do 的朋友，感谢你们相信真爱，选择 I Do。正是你们对真爱的信仰，和每一个下定决心去爱的瞬间，成就了 I Do 的今天，是你们与 I Do 一起创造了这个美好的真爱世界。愿你们在被 I Do 守护的时光里，始终去往幸福的方向。

感谢每一位相信真爱，在爱的路上充满勇气和正在获得勇气的你。相信你们终会为彼此戴上 I Do 婚戒，许下庄重誓言。

“无论贫穷还是富有
疾病还是健康
悲伤还是欢乐
始终如一，不离不弃
你愿意吗？”
“Yes，I Do”

这句来自婚礼的誓言，是你们最重的承诺，也是 I Do 始终给你们的真诚守护。

从这一刻起，我将守护你们的爱情，看着你们忠于彼此，牵手相伴，见证你们共度的美好时光。

现在，你已经来到了这本书的结尾，但你的真爱故事不会结束。
通往真爱的旅途，I Do 始终相伴。

守护每一对新人的幸福时刻
我是 I Do